ドール

山下紘加

Hiroka Yamashita

河出書房新社

ドール

DOLL

1

その人形は、右腕が外れ、上半身裸の状態で草むらの上に転がっていた。僕は手を伸ばして人形に触ろうとしたが、それはよく見るとひどく汚れていたし、ここに捨てられる前、誰かのものだったことを思うと、触る気持ちは失せた。

僕は手を引っ込めたが、その場にしゃがみこんで、近距離で改めて人形の様子を観察した。

人形は、おそらく自分が小さい頃に持っていたリカちゃん人形と同じ種類のものだろうと思った。目の色と髪の色は違うが、それ以外は全く同じように見える。人形の髪の毛は短かったが、それはもともと短いわけではなく、人形の持ち主だった人が、鋏《はさみ》か何かで切ったような痕《あと》が残っていた。乱雑に切られた髪の毛は、肩までの長さのものが数本垂《た》れていたが、後は全部耳より上の長さで、いずれもジグザグに切られている。何本か根本から引っこ抜かれたものもあって、頭部には、髪の毛が植えられていたと思われる小さな穴が二、三空いていた。

僕は人形を動かしてみたい衝動に駆《か》られ、近くに何か使えそうな物はないか探した。細長い木の棒が転がっていたので、それで人形の胸の下辺りを軽くつついてみる。

特に何も起こらなかったので、思い切って背中と地面との間に棒を差し入れ、うつ伏せになるようひっくり返してみた。

凹凸の少ない人形の背中は肩胛骨《けんこうこつ》の辺りが少し盛り上がっているだけで、あまり特徴はなかったが、二の腕や腰の辺りに、何か鋭いもので傷つけられたような細かな線が入っていた。穿《は》いているチェックのプリーツスカートを棒でめくってみると、スカートの折り目の部分が線に沿ってきれいに裂かれている。もう一度元に戻そうと思い、人形の腹と地面との間に棒を差し入れると、人形の首がぐらぐらしているのに気づいた。首の辺りを棒でつつくと付け根の部分がとれかかっている。僕はそこを何度も木の棒でつついてみたが、気持ち悪くなって途中でやめた。

僕はしゃがんだまま、しばらくの間その場を動くことができず、首のとれかかった人形をぼんやりと眺めていた。眺めているうちに、それを家に持って帰りたいような気持ちになった。それは確かに気味が悪かったが、見つけてしまった以上、拾って帰らなければいけないような、そんな責任感をおぼえた。しかし、やはり素手《すで》で触るのは気持ち悪く思い、リュックの中に入っていたコンビニのビニール袋を取り出し、袋越しに人形を摑《つか》んで中に入れた。僕は人形の入った袋の口をきつく縛ると、慎重にリュックの奥にしまった。


家に帰ると、リビングのソファで母親が眠っていた。僕は母親と顔を合わせたくなかったので、帰宅したことを気づかれないよう、足音を忍ばせて自分の部屋へと向かった。

自室に入り、いつものようにドアの鍵《かぎ》をしっかりとかけ、公園で拾ってきた人形の入った袋を取り出す。机の上にティッシュペーパーを広げ、その上に人形をのせた。人形は公園で見た時に比べて、少し小さいように見える。僕は側にあったボールペンとシャーペンを使って、死体解剖でもするように、人形の身体に付着した土をつまむようにして取り、濡《ぬ》れティッシュで肌の汚れを拭《ぬぐ》った。それから人形の着衣を入念にチェックした。チェックのスカートはよく見ると染みがついていて、留め具である二つのボタンのうち一つが外れていた。

僕は人形の股の間にシャーペンを突き刺したり、ネジを留めるように心臓の上でボールペンをグリグリ回してみた。そういう行為に、あるいはそういう行為をしている自分の姿に妙に興奮をおぼえたが、同時に物足りなさも感じた。

僕は小さい頃、他の男の子達のように戦闘ごっこや、テレビゲームで遊ぶよりも、人形と遊ぶのが好きだった。しかし今思えば、人形と遊ぶのが好きだったというよりも、人形の持つ女性的な身体のラインや、質感のようなものに魅《ひ》かれて、単純に触っていたかったのだと思う。僕はそれを握ったり、人形の腰を折り曲げ、手のひらにのせたり、あるいは髪を撫《な》でてその形の良い頭に触ることが楽しかったし、心が落ち着く感じがした。

小学四年生で、性に目覚めた時、クラスの男子が自分の目の前で女子のスカートをめくったことがあった。中学に入ると、友達から、性的な描写の多い漫画やビデオを借りたこともあった。そういう場面を目にしたり耳にしたりすると、確かにその時は興奮をおぼえるのだが、実際に自分の性や欲求を外に出そうとする時、つまり射精の時、僕は幼稚園の頃毎日のように触っていた人形を思い浮かべ「ああ、あれだ」と思った。

僕はいつの間にか触らなくなっていた人形を押入れの奥から引っ張り出し、人形の形の良い胸や尻を撫で回し、自分の勃起《ぼっき》したペニスを小さな身体の隅々にまで擦《こす》りつけてみた。射精の時は人形の整った顔に命中するようにしたが、外れてしまった。しかし飛び散った精液は人形の顔を汚し、僕はそれを見て興奮をおぼえた。そして、幼稚園の頃、しきりに人形の身体を撫で回していたのは、これをするための、つまり性的な行為をするための準備段階としてやっていたことなのではないかと思った。

僕にとって、人形は単なる玩具《おもちゃ》ではなかった。しかし、人間として見ているわけではもちろんなく、人形は人形なのだけれど、それは自分と戯《たわむ》れるものであり、セクシュアルの象徴のようなものだった。

それから、しばらく僕は人形と性行為を続けたが、いつの日からか人形を手放し、自慰《じい》にふけるようになった。人形を手放した理由はうまく思い出せなかった。僕はあの頃好きな女の子がいたが、学校では彼女のことを目で追っていても、家に帰ると人形とセックスをした。彼女とセックスするところを考えようとしたこともあったが、いつも上手くできなかった。自分の性を外に出そうとする時、彼女の姿や彼女とのセックスを想像するよりも、目の前にある人形の身体を触ったり、性器を押し付けたりする方が、何というか、手っ取り早くて楽だった。僕はいつも楽な方を選んだし、頭の中で好きな女の子に自分が話しかけたり髪を撫でたり身体に触ったりすることを想像すると不安をおぼえた。なぜだか僕は彼女に拒絶されそうな気がしたし、嫌がられそうな気がした。好意を持っている身近な女の子との関係を妄想《もうそう》したり、性的なことに及ぶ姿を考えると、僕の頭の中にはいつも否定的な言葉や感情が行き交い、昂《たか》ぶりかけていた興奮は沈み、大きくなりかけていたペニスは萎《な》えてしまうのだった。

小学六年生への進級と共に、僕は人形を手放した。

何か大きなきっかけがあって手放したわけではなかったが、人形とセックスをするうち、僕は人形に対して、今のような物足りなさを感じるようになっていた。人形とのセックスに飽《あ》きた、あるいは人形の身体に飽きた、というわけではなかった気がする。人形の小さな手。親指一つでパーツを全部覆ってしまえるくらい小さな顔。小さな胸、小さな尻。華奢《きゃしゃ》な腕や足。その小ささや繊細《せんさい》さに、僕はぼんやりとした不満を抱くようになり、部屋の掃除の最中、他のゴミと一緒に思い切ってゴミ袋に放り込んだ。

しかし、放り込んだはいいが、数日経つと、捨てたことが悔やまれた。あれほど毎日のように触れていたものへの喪失感は大きかった。それでも、時間が経つにつれ、人形のことは頭から離れていった。

僕は机の上の人形をいじるのをやめ、ぼんやりと眺めた。幼い頃毎日のように触れていただけあって、久しぶりに見た人形に懐かしさを覚えていた。もう一度手で触りたい、人形の髪や胸を撫でてみたいと思ったが、やはりこれは誰かのものだったのだから、触ることは良くないような気がした。それに、他人の匂いや感触が染みついた人形に触れるのは、とても不潔な感じがした。僕は、また、自分の人形が欲しいような気持ちになった。自分の、自分だけの、特別な人形を手に入れたいと思った。そして僕は今度こそそれを手放さないはずだとも思った。根拠はないが、なぜだかそんな気がした。机の上の人形を、下に敷いたティッシュごと机の隅に寄せると、僕は、側にあったパソコンを立ち上げ、ネットにつないだ。

僕は最初に、様々な種類の人形の画像が見られるページにアクセスした。市松人形《いちまつにんぎょう》、着せ替え人形、ブライス、アンティークドール、球体関節人形《きゅうたいかんせつにんぎょう》——。

マウスをクリックすると、ありとあらゆる人形が画面上に大きく表示される。その中には僕のよく知っている人形もあったし、初めて見る人形もあった。うつくしい顔をした人形も、気味の悪い顔をした人形もあった。

画像を見ていくうち、僕は椅子《いす》に腰掛けて眠っている、人間そっくりの様相をした人形に心を魅かれた。ラブドール、と表示されたそれは、長い巻き毛の人形で、閉じた瞼《まぶた》は薄くピンクがかっていて、睫《まつげ》が長く、ぷっくりとした柔らかそうな唇は薄く開かれ、ちょうちん袖《そで》のワンピースを着ていた。

その人形を、欲しい、と思った。それに似たものでも良かった。かわいい顔をした、等身大のドール――。僕はそれが欲しいと思い、一度そう思うともうたまらなく欲しくなった。

ラブドールの値段は安いものから高いものまで幅広くあった。そもそもラブドールは男性の性処理目的で作られたものだが、僕の目的はそれとは少し違う。いや、もちろんいずれはセックスしたいが、それまでの過程もきちんと大事にしたいと思っていた。僕は自分の側にいてくれる女の子、つまり彼女のような存在が欲しかった。そのため、機能性や触った時の感触はそこまで重視する必要はないように感じた。シリコン製のラブドールは、自分の貯金をすべて下ろしても到底出せるような金額ではなかったので、比較的安価なクッション式のラブドールに絞《しぼ》って購入を検討することにした。

最初、僕はラブドールに関して自分にはそこまでこだわりがないだろうと思っていた。そもそも自分は女の子に対して、理想などないはずだと勝手に思い込んでいた。しかし、様々なメーカーのラブドールを見ていくうち、一体のラブドールに目を奪われた。これがいいな、と思った。僕はこれが欲しい。こういう女の子が自分の好みだったのかもしれない。そのラブドールは、顔立ちははっきりとして整っていたが、目は半開きで少し眠たそうに見え、唇も目と同様に薄く開いていて、なんだか少しだらしなさそうに見えた。その表情は、以前観た深夜番組のラブシーンで、男の身体の下に組み敷かれた女が見せる、快楽の最中にある恍惚《こうこつ》とした表情によく似ていたが、汗だくになって喘《あえ》いでいるような下品な女とは違って、画面の中のラブドールには清潔感があった。僕が彼女の性器を指でつついたとしても、僕の指をべとついた粘液《ねんえき》で汚すことはなく、汗を流すことも、また唇の端から涎《よだれ》を垂らすこともないだろうと思った。年月と共に干からび、くすみ、色あせていく人間の女と違って、乳首の色も性器の色も塗装が剝《は》げない限り鮮やかなピンク色を保ち続けるはずだ。そして僕は、そういういつまでも風化することなく、同じ瑞々《みずみず》しさを保ち続けるというところに、人形特有の魅力を感じた。

人形も人間と同じように年月と共に埃《ほこり》をかぶり、肌の色も退色していくことも考えられたが、それはそれで愛着が湧くだろうし、自分が丁寧《ていねい》に扱えば、すぐに劣化するようなことはないだろうと思った。自分が舐めた分だけすり減り、自分の撫で方や揉み方によって身体の形状ができあがっていくのは、自分の存在が人形に刻まれていくようで愛《いと》おしいと思えるような気がした。

僕は気がつくとマウスをクリックし、そのラブドールを購入していた。別売りの服は一着しか買わなかったが、それは好みの服がそのサイトにはあまり見あたらないためだった。僕は彼女のサイズに合った彼女に似合いそうな洋服を後日、デパートに見に行くことに決めた。

ラブドールの部品はダンボールに詰められた状態で僕のもとに届いた。土曜日の午前中。母親がパートに出かけた直後だった。

ダンボールの中には、組み立て式ラブドールの頭部、およそBカップほどの大きさの胸がふたつくっついた肌着、肌着を被《かぶ》せる胴体、やたらと作り物じみた手足、そのほか、ペニスを挿入《そうにゅう》するオナホールや補整ガードルや尻パットなど、こまごました部品が入っていた。

僕はそれらを説明書を見ながらひとつひとつ丁寧に組み立てていった。

はじめ、ラブドールの頭部は空洞で、指で押すとペコペコとへこんだが、中にクッション材を入れ、形状をととのえると、顔や頭の形は安定した。

その後は、紐《ひも》で結んだりクッション材を詰めたりしながら胴体の部分を組み立てていき、ドールの頭にウィッグを被せると、ダンボールに入ってきた時とは別物のように見える、愛らしく、可憐《かれん》な人形の半身ができあがっていた。

僕は出来栄えに満足し、ひとりニヤニヤした。部品が揃っていて、その部品を手順どおり組み立てれば上半身ができあがることは、説明書にも書いてあったし、ネットショップのサイトに載っていた完成したイメージ画像を、あらかじめ見ていたからわかってはいた。けれども、実際自分の手で一から作り上げたというその過程に僕はひどく満足し、人形には特に欠損した部分も見られなかったので、安心した。

僕は早く人形を完成させたいと焦《あせ》る気持ちを抑えて、手順を間違えないよう、慎重に下半身の組み立てに取りかかった。途中、僕はラブドールとの今後の生活について考え、色々と計画を立てた。

初めの一ヶ月は仲を深め合う期間として、軽いスキンシップをし、次の一ヶ月間でキスをし、そしてさらに次の一ヶ月間、つまり今から三ヶ月後に彼女とセックスをする——。ざっと、そんな計画を立てた。やはり顔の筋肉は緩《ゆる》みっぱなしだったが、手は機械的に下半身の組み立てを続けていた。人形の足の真ん中を糸で縛ると膝ができあがり、それを上半身とくっつける。人形本体と一緒に購入していた袖口にレースのついた、ピンク色のワンピースを着せると、僕はラブドールを抱きかかえ、椅子に座らせた。

ラブドールを作り終えた後、空腹をおぼえた僕は、キッチンで湯を沸かし、カップラーメンを作った。そして、それを、ラブドールと向かい合うようにして床に座って食べた。食べている間中、僕はラブドールから目を離さなかった。ラブドールは首が据《す》わっていない赤ん坊のように、首を椅子の背にもたせかけていた。僕はちょっと迷ってから、カップラーメンをテーブルの上に置き、彼女の顔を両手ではさんで、一番安定する位置を探した。何度か顔や首を回したり捻《ひね》ったりしているうちに、首を少し前に折り曲げ、うなだれるような形にすると、あまりぐらぐらせず、据わりが良いことに気づいたので、その姿勢を維持させた。しかし、その姿勢だと、人形と視線を合わせるには、僕が膝をついて彼女の真下から覗き込むようにしなければいけなかった。

僕は大きく開かれた人形の股の間に自分の身体を収め、首を斜《なな》めにして、上目遣いに彼女を見た。人形の鼻先や唇の上に人差し指を置いてみる。我慢できずにワンピースの襟《えり》ぐりを下げ、乳房を見た。見るのはいいだろうと思った。セックスをするまでまだ期間がある。目に焼きつけておいて、触りたくなったらそれを思い出せばいい。

組み立てていた時は部品としてしか意識していなかった人形の胸は、完成したものを正面から見ると妙にどきどきした。乳房は、左右均等で、整った形をしていて、僕の両手のひらから少しはみ出る程度のサイズだった。小さくてぷっくりとしたピンク色の乳首は花の蕾《つぼみ》を思わせるような可憐なつくりで、触ると意外にも重みがある。爪で軽く弾《はじ》くと生き物のように揺れた。

僕は人形の身体ひとつひとつを執拗《しつよう》に目に焼きつけていった。不思議なことに彼女の胸や尻や足といった、本来性的に見えるであろう身体の部位には少しもいやらしさが感じられなかった。胸や尻や足といった部品をあてがっても、まだ彼女のもとで機能しないのに、無理やりくっつけてしまったような、そんな感じがする。彼女はこれで完成のはずなのに、これが完成形のはずなのに、これからまだまだ成長していくような、変化していくような、不完全な人形、ではなく、生き物を見ているようだった。

僕はゆっくりと、ワンピースの襟ぐりの部分を引き上げ、人形の身だしなみをととのえた。これは僕のものだから、好きな時に好きなだけ見ていいはずなのに、長い間見続けるのはもったいないような、人形に対して失礼なことをしているような、変な気分になった。彼女を大切にしたいと思った。ゆっくりでいい。時間はかかるかもしれないけれど、ゆっくり。彼女はかわいい。こんなにかわいいものを、僕は見たことがない。彼女はまだ何も知らない。僕のことも。この世界のことも。彼女は美しすぎる。何も知らないから美しいのかもしれない。知ることで、彼女の何かが損なわれていくのかもしれない。それでも僕は、見て欲しいと思う。知って欲しいと思う。僕や、僕の生きている世界。僕は彼女の纏《まと》っている目には見えない薄い透明な膜を、一枚一枚丁寧に剝がしていきたい。

ラーメンを食べ終えると、僕はラブドールに「ユリカ」と名前をつけた。僕はその時、いくつか名前の候補を挙げ、最終的に「ユリカ」と命名したのだけれど、人形に名前をつけようと思う以前から、いや本当は人形を購入する前から、その名前にしようとあらかじめ決めていたような気がした。僕はその名前が彼女にピッタリだと思い、ひどく気に入った。そして、母親がパートから帰ってくるまで、何度もユリカの名前を呼んだ。

その夜、僕はいつもより二時間も早く布団《ふとん》に入った。

ユリカは既に押入れの中の、僕が彼女のためにタオルケットを積み重ねて作った簡易《かんい》ベッドの上で眠っていた。

押入れに寝かせたのは、もしも母親が部屋に入ってきた時に、バレないようにするためだった。母親が入ってくることは滅多になかったが、もしもの時に備えて、すぐに隠すことのできる押入れの中を選んだ。

しかし、ユリカを押入れに寝かせてしまうと、彼女と一緒に寝ることは困難だった。押入れの下段は半分が物置スペースになっていて、二人で一緒に寝るのにはあまりにも窮屈《きゅうくつ》だったし、僕のベッドは押入れからは距離がある。そこで僕は押入れの奥にしまってあった寝袋を引っ張り出し、それを押入れの襖《ふすま》の前に置いた。

部屋の電気を消し、机の上にあった蛍光灯を引っ張ってきて枕元で点《つ》けると、僕は寝袋の中に潜り込んだ。襖をほんの少しだけ開けて、そこからユリカの顔を観察する。ユリカのつるつるとした形の良い額は、蛍光灯のおぼろげな光に照射されて、そこだけ立体的に浮かびあがっているように見えた。

「ユリカ……」

僕は彼女の名前を呼び、柔らかな髪の毛を撫でた。タオルケットからはみ出ている腕をそっと中にしまいこみ、毛布を鼻までかけてやる。

目を閉じて眠ろうとしたが、隣にいるユリカのことが気になって、なかなか眠りにつくことができなかった。

2

教科書から顔をあげ、廊下から教室に駆け込んできた女子のグループにぼんやりと目をやった。彼女達は皆髪が黒く、肩までの長さがある。スカートの丈《たけ》は膝上で、屈《かが》んだり大きな動きをすると、下着の上に穿いている黒いショートパンツが見える。中にはその黒いショートパンツを穿かずに、薄っぺらい綿やレースの下着のみを穿いている女子もいる。

僕はどちらも見たことがある。どちらもわざと見ようとしたのではなく、たまたま見えてしまっただけで、自分に非はない。黒いショートパンツを見てしまった時は、相手の女子にちょっと嫌な顔をされただけだったが、白いレースの下着を見てしまった時は、相手の子に「こっち見るなよ変態」と物凄い剣幕《けんまく》で罵《ののし》られた。

僕は視線を彼女達から、手元の教科書に戻した。

国語の教科書には宮沢賢治の「やまなし」が載っているが、おもしろくなかったので、読むのをやめた。一文字だけ「は」の部分に焦点を当て、ジッと見つめる。そうしていると、時間が経つのを早く感じる。休み時間の過ごし方。二時間目と三時間目の間の休み時間には「を」をずっと見ていた。難しい漢字を見るよりもひらがなを見ている方が不思議と集中力が継続される。

教室の隅の方で生徒達の耳障《みみざわ》りな笑い声があがった。

僕は「は」から目を逸《そ》らし、教科書を閉じた。教室を出て図書室に行こうかと考えたが、すぐに次は理科の授業だったことを思いだし、教材を持って理科室に向かった。

その日の理科の授業は実験だった。班《はん》ごとに分かれて顕微鏡《けんびきょう》を使い、ミドリムシの観察を行う。

理科の授業は、席に座って大人しく作業に集中するものは、ほとんどいなかった。教師はレポートさえきちんと提出すれば、生徒が室内を歩き回っても何も言わないし、注意することは滅多にない。

僕は特別仲のいいやつがクラスにいないので、一人で大人しく席に座って顕微鏡を覗きながら、レポート用紙に観察記録として色鉛筆を使ってミドリムシの様子を微細に描きこんでいた。

顕微鏡を覗いていると、不意に鼻に違和感をおぼえた。耳元で何か笑いを堪えるような小さな声が聞こえる。尖った器具のようなもので鼻を両脇から挟まれたような感覚があり、鼻孔が圧迫されているのを感じた。

顕微鏡から顔を離した途端、すぐ側で爆笑が起こった。

いつもの、あの耳障りな声——。今泉将太《いまいずみしょうた》だった。休み時間に教室の隅《すみ》で騒いでいる連中の中心的なやつだ。彼の笑い声は、グループの中でも一際《ひときわ》うるさい。今泉の大きな口を真正面にとらえ、僕は不快感で思わず顔をしかめた。

今泉は、僕の鼻をピンセットでつまみ、笑っていた。

「おまえさあ、気づくのおせえよ」

彼は笑いながらそう言い、僕の鼻からピンセットを離そうとしなかった。僕は何も言わずに、手をあげてピンセットを払いのけようとしたが、今泉に手を振り払われた。鼻の両脇を押さえつける力が強くなる。ピンセットの先端部分が鼻に埋もれるように食い込んでくる。僕はもう一度手をあげた。

「ん？　何してんの？」

今泉は笑い顔から急に真顔になって、冷たい目で僕を見据えた。

僕は一度あげた手を下げ、顔に止まった蠅《はえ》を追い払うように、身体を揺すり、頭を振った。

「だっせえ、何その動き。キモいんですけど」

なあ、やばくね、こいつ？　今泉は僕の鼻をしっかりと固定した状態で、ピンセットを動かし、僕の身体を反転させ、隣の席に座っていた女子に同意を求めた。僕は操り人形のように彼の動きに従って動き、滑稽《こっけい》な姿をバカのように彼女の前にさらした。

彼女は唇の端を少し歪《ゆが》め、ひきつるような笑いを浮かべて、

「やだあ。やめなよ、もう〜」

と言いながら、今泉の腕を軽く叩いた。

今泉は彼女の反応に満足したように笑い、

「やめないもーん。だっておもしれえじゃん」

そう言って、僕の鼻の皮膚を引き伸ばすように、ピンセットを上に向かって持ち上げた。

彼は僕が反抗しなくなったことに手応《てごた》えをおぼえたのか、次に、仲の良い清水《しみず》というクラスメイトに、鼻をピンセットでつまれた僕の顔を自慢でもするみたいに見せびらかした。

「つかまえちゃったー」

清水は、今泉同様、僕の顔を見てげらげら笑ったが、彼がいつまでたってもピンセットを離そうとしないのを見て、「いい加減外してやれって」と笑いながら言った。

今泉は、清水の言うことを無視して、

「つーかさー、こいつの鼻、低くね？　めっちゃ低いよな？　何これ、遺伝？　鼻だけ成長しなかったの？　ほら、清水、俺のと比べてみろよ、マジでスゴい差だからさ」

清水は「確かにやべえな」と言って笑ったが、彼は本当にそう思ったわけではなく、ただその場を上手くやり過ごそうとして今泉に賛同しただけのような気がした。

「かわいそうだから俺が高くしてやるよ」

今泉がそう言って、また僕の鼻を上に向かって引き伸ばそうとした時、チャイムが鳴った。

「早く行こうぜ、昼休みが削《けず》られるぞ」

清水が今泉に声をかけると、彼は急に僕への興味を失ったように、ピンセットを持っていた手を離した。ピンセットは床に落ち、金属質な音が、理科室を出ていく生徒の足音の中に埋もれるように小さく響いた。

今泉将太はクラスでも目立つ存在で、廊下で友達と話しながら、歩いてきた女子のスカートをめくったり、担任教師の口癖《くちぐせ》をクラスのみんなの前で披露《ひろう》したり、教育実習で学校に研修に来ている大学生の英語の発音が悪いと、授業中に何度も指摘し、大学生を泣かせてしまったりと、とにかくふざけてばかりいるやつだった。

教師には当然のごとく目をつけられていたし、クラスメイトの半数以上は、彼のことを「うるさい」「子供っぽい」「ふざけすぎ」などと言って嫌っていて、僕もそのうちの一人だった。

今泉は目が細くつり上がり、口先が少し尖っていた。鼻も低く団子鼻《だんごっぱな》で、典型的な日本人顔だったが、彼は自分の鼻がとても気に入っているらしく、休み時間に仲の良い連中を

三、四人ほど、教室の窓際の一番前の席に集めると、自分の話ばかりをしながら、話の合間に自分の容姿の優《すぐ》れた点について熱弁をふるっていた。
彼は自分の顔のパーツの中でも特に鼻が整っているとあげ、横を向いた時に特にそれがよくわかる、と言って、自分の顔を一旦教科書で隠し、横を向くと、「ほら、好きなだけ見ていいぞ」と言って、教科書をスライドさせ、自分の端整だと思い込んでいる横顔をみんなの前で披露した。彼の周りに集まる生徒達は彼が自分の容姿を自慢していることよりも、彼のそうした行為をおもしろがって黄色い声を上げていた。

僕の席は教室の廊下側の一番前で、今泉の席とは離れていたが、彼の大きくてがさつな声は嫌でも耳に届いたし、大げさな身振り手振りは、簾《すだれ》のように自分の顔を覆《おお》っている黒い髪の毛の隙間から入ってきて、僕の左目の視界を乱した。

彼の声は、僕だけではなくクラスのみんな、もしかしたら廊下《ろうか》の方にまで届いていたかもしれない。

休み時間に、まるで演説のように、くだらない話が耳に飛び込んでくるのはひどく耳障りだったし、彼の誰よりも目立とうとする出しゃばりな性格を、内心疎《うと》ましく思っていた。

今泉はまた、誰彼構わず、話しかけてくるところがあった。

誰彼構わず、というのは、仲の良いグループの男子達だけでなく、大人しい女子や、無口で地味な男子にも、積極的に話しかけてくるというか、ただだらだらとねちっこく絡んでくる、そういう性質のことだ。

そもそも彼は中学に入学して間もない頃から、クラスメイトの顔をじろじろと無遠慮に眺め、話しかけたり、肩を叩いたりして、何かとちょっかいを出していた。単に友達になりたいとか、親しくしたいというわけではなく、休み時間にクラス全員に向かってスピーチするかのように大きな声で話し、みんなの注意をひきたい、興味をもってもらいたい、つまり自分に常に関心を持っていてもらいたいらしいのだった。

僕も入学当初、彼に何度か話しかけられたが、無視したり、聞こえないフリをしていると、あまり話しかけてこなくなった。

一度、「アイツ、風呂はいってないらしいよ」と、いわれのない噂を流されたが、気にしないようにしていた。変な言い方だが、気にしたら負けのような気がした。一度でも相手にしてしまえば、彼の思うつぼだと思った。相手にしなければいい、簡単なことだった。

しかし、僕にはその簡単なことができなかった。

理科室の一件以来、僕は今泉をよく観察するようになった。それまでは今泉の甲高い声や、ふざけた態度を鬱陶《うっとう》しいと思ってはいたが、僕にとって彼は嫌いなクラスメイトという枠組みで一括《ひとくく》りにされたうちの一人であり、特別な感情はなかった。

そもそも僕と今泉は大したかかわりはなかったし、クラスの中で目立つ存在の彼と、地味で無口な僕とは対極にあった。

今泉はピンセットで僕の鼻をつまんでからというもの、しつこく絡んでくるようになった。最初、彼は僕の鼻のことばかりをいじっていたが、そのうち、髪質や脚の長さなど様々な身体的特徴をあげつらって揶揄《やゆ》し、しまいには、僕の癖や仕草《しぐさ》を真似《まね》ておもしろおかしくみんなの前で披露するのだった。

僕は多分、今泉に身体的な事以外の、馬鹿だのとろいだの間抜けだの、そういう自分の性質のようなものをいじられても、あるいはただ叩かれたり、蹴られたり、暴力を受けても、我慢できた気がする。しかし、彼に自分の鼻をいじられるのは、何か違うと思った。それだけは、納得がいかない気がした。

今泉の鼻は客観的に見て決して高くはないし、美しい形ではない。他人の顔の美醜《びしゅう》に関してとやかく言えるほど、自分の顔が端整だとは思っていないが、今泉と自分の鼻を比べてみた時、高さにしろ、形にしろ、さほど大差ないように思えた。むしろ、自分の方が鼻筋が通っていてかっこいいとすら思っていた。

だからこそ、今泉から執拗に鼻をいじられ、彼が自宅から持ってきた洗濯ばさみや給食の時に使うトングで鼻の両脇をつままれ、みんなの前でからかわれた時、僕は自分の自尊心を深く傷つけられた気がし、今泉の言動というよりも、彼の存在そのものを忌《い》み嫌《きら》うようになっていった。

僕は今泉の行動を観察するようになったが、それは自分でも無意識のうちに、彼への復《ふく》讐《しゅう》の機会を狙っていたからであるような気がする。

今泉から絡まれた時、僕は彼に対して何も言い返せなかった。暴れたり大声を出したり、あるいは教師に彼の行為を打ち明けることもできなかった。ただ、自分の中で彼への憎悪は膨らみ、異常なほどに膨らみ、しかし、直接的に彼に何か言ったり反抗したりしても太《た》刀《ち》打《う》ちできない気はしていた。

何もできないなら、ただ黙って冷静に、彼の関心や興味の矛先《ほこさき》が他の方に向けられるまで、耐えているべきだったのだと思う。それなのに自分のおかしなプライドが作用し、僕は抑えることができなかった。何かしてやりたいと思った。何でもいいから、自分が傷ついたように、彼にも傷ついてほしいと思った。けれど、自分のそのような感情を自覚したのは、僕が彼に自分なりの復讐をした後だった。

3

今泉にいじられるようになると、僕は学校を休みがちになった。

学校を休むと、自分の部屋に引きこもり、一日中ユリカと一緒に過ごした。彼女と一緒にご飯を食べたり話をしたり、手をつないだりしながら、僕はこのまま学校を休み続けることができたらどんなに幸せだろうと思った。学校に行き、つまらないクラスメイトと一緒につまらない授業を受け、クラスのさらし者にされるより、ユリカと過ごしている方が、ずっと有意義な時間を送れるような気がした。

仮病《けびょう》を使って二日連続で学校を休み、翌日登校すると、一時間目の体育の授業が始まってすぐに、僕は今泉に絡まれた。

「おまえさあ、それどうしたの？」

男女分かれて準備運動をしている最中だった。

僕の斜め後ろにいた今泉が突然声を掛けてきて、僕は反射的に振り返ってしまった。

「いやいや、こっち見んなよ気持ちわりぃ。おまえの足だよ、足」

今泉は足を伸ばし、ニヤニヤしながら僕の足をしきりに指した。

僕は視線を落とし、自分の足を見たが、これといっておかしなところは見られなかった。

「え、何、わかんないの？　いやおまえさあ、足の毛、濃くね？　めちゃくちゃ濃いだろ。毛むくじゃらじゃん。なあおまえほんとに日本人？　まあ、日本人かあ、鼻は低いもんな」

側にいた数人の男子が、今泉の言葉に手を叩いて笑う。僕はなぜか泣きそうになった。

一人の男子が笑いながら、

「でもさあ、足の毛が濃いやつって陰毛《いんもう》も濃いって聞いたことあるよな」

「ああ、チン毛な」

今泉がそう言うと、清水が「おまえデカい声で言うなよ」と笑いながらたしなめた。

「じゃあこいつ、チン毛も濃いんじゃね？　見てみようぜ」

僕は黙って自分の右腕で左腕を押さえた。

清水とその周りの男子が高い声を上げて笑う。

「脱いでみて。なあ、一瞬でいいからさ、見せてよお前の黒いチン……」

声に出さずに口だけ「毛」の形に動かして今泉は周囲の笑いを誘った。彼の肩に手をのせて、清水が腹を抱えて笑っている。

「ほらほら、好きなだけ見ていいぞ。俺のチン毛〜」

嶋田《しまだ》という、体格の良い男子がおもしろがって僕を後ろから羽交《はが》い絞《じ》めにしてきた。

おまえのじゃないだろ、と突っ込みを入れながら、今泉が僕ににじり寄ってくる。

「おまえ、ガードマンね。盾《たて》になってて」

「オーケー」

清水が言いおわらないうちに、ズボンが下げられた。

本当に一瞬だった。冷たい風が汗ばんだ自分の性器を冷やし、海草のようにうねった陰毛が肌に張り付いているのを感じる。

身体中の熱がすべて性器に注がれ、付け根の部分が、なぜかヒリヒリと疼《うず》いた。僕は自分の性器と、自分の性器を見ている男子の顔、その両方から目を背けようと、体育館の天井の一点を見つめ、そこから目を離さなかった。

「見た？　おまえ見た？」

後ろから僕の身体を押さえている嶋田が、性器を覗き込む清水に向かってたずねる。

「げぇ、マジで濃いじゃん。つーかチンコちっせぇ。汚いし。なんかコイツの黒ずんでね？」

今泉は不快そうに鼻を鳴らし、

「な。性病持ってんじゃん？　なんつったっけな……保健の授業で習ったやつ……クラミジアだっけ？　あれじゃね？　え、あれって感染したりすんの？　だとしたら、俺らやべえじゃん。変な病気持ち込むなよ、おまえ。つーか、さっさとズボン上げろ。気持ちわりぃもん、さらすな」

今泉は本当に嫌そうな顔をして、顔の前で大げさに手を振った。

僕は言われるがままズボンを引き上げ、その瞬間どっと力が抜け、崩れるようにしてその場にへたりこんだ。そのまま、少し離れたところで準備運動をしている女子達の姿を確認する。

彼女達は三、四人で輪を作るようにして寄り集まり、手首を回したり足の腱《けん》を伸ばしたりしながらべちゃべちゃとおしゃべりをしていた。僕はズボンを脱がされた瞬間を誰にも見られていないことを願った。女子達の方をジッと見ていると、一人の女子と目が合ってしまった。彼女は僕をチラッと見た後、目を逸らして、もう一度見てきた。僕の方を見たまま、近くの女子に顔を寄せて、耳元で何か囁《ささや》く。

僕は自分のことを言われているのかもしれないと思った。ひょっとしたら彼女は僕がズボンを下ろされた瞬間を見ていたのかもしれない。彼女は、僕の性器も見ただろうか。僕は脱ぎたくて脱いだわけではない。見せたくて見せたわけではない。僕は違う。今のは僕じゃない。抵抗している余裕などなかった。彼女は嫌そうな顔をしている。あの子は男の性器を見たことなんかあるだろうか。きっとないだろう。性器なんて、みんな、こんな感じだ。みんなこんな感じなのに——。僕は彼女達を執拗に見続け、やがてゆっくりと立ち上がった。

「違う」

違うんだ。僕は繰り返しそう言いながら、彼女達の方に近づいていく。

何か言い訳のようなものがしたかった。別に、あの女子達にどう思われても構わないのだけれど、そもそも彼女達は自分の好みではないし、客観的にみてもブスだと思うし、向こうも僕のことを嫌っているかもしれないけれど、それでも僕はさっきの、ズボンを下ろされたことに対する言い訳を、性器を曝《さら》したことに対する弁解をしたかった。自分で自分がよくわからなかった。しかし、僕は、今泉や清水や嶋田や、この場にいた男子達ではなく、目が合った女子と、彼女の近くにいた女子に怒りをおぼえた。僕は苛々《いらいら》し、もう本当にどうしていいかわからないほど激しい憤《いきどお》りを感じ、その憤りに伴って性器が熱を帯びていくのを感じた。下着をずり下ろされ寒さで縮んでいた性器が硬くなり、薄い綿のパンツを突き破りそうな勢いで膨らんでいく。僕はその勢いを鎮《しず》めようとさりげなくズボンのポケットに手を差し入れ、上から性器を押さえつけたが、僕の身体はいうことをきかなかった。僕は今走っていって、それで、あの子に、僕を見てきた女子に飛びついてみたいような気がした。飛びついて体操服を脱がし、ブラジャーを引き剝がして、彼女の怯《おび》える姿を見てみたいような気がした。そしてもしそうすることができたら、今度は自分からズボンを脱ぎパンツを脱ぎクラス全員の前で性器を曝しても構わない気がした。

妄想は膨らんだが、しかし、僕は彼女にただ性的なことをしたいのか、それとも、強引に服を脱がせたり、無理やり性器を押し付けたりすることで、彼女の嫌がる顔や怯えた姿を見たいのか、よくわからなかった。僕はそのどちらにも興奮する気がしたし、どちらにも興奮しない気もした。

しかし、僕がそれらのことを実行する前に、教師が集合の号令をかけ、生徒達は教師のもとへと走っていった。

家に帰ると、玄関に靴を脱ぎ捨て、まっすぐ自分の部屋へと向かう。

押し入れの中で衣服や毛布やタオルケットの中に埋もれているユリカの顔を、そこから掬《すく》いだすようにして両手で包む。

「ただいま」

ただいまユリカ。僕はユリカにキスをしたかったが、それはまだ早いように思った。焦るのはよくない。焦るよりも順序というか、ステップというか、そういうものを大事にしたかった。自分でもなぜそんなに段階を踏むことにこだわっているのか不思議だったが、僕はどうしてもそうしたいような、そうしなければならないような気がしていた。そうやって徐々に徐々に関係を深めていくというのが僕らには合っているような気がしたし、安易な関係ではないからこそ、突発的だったり、衝動的な勢いで事に走るのではなく、計画的に、じっくり慎重にすすめていく必要があると思った。

僕はキスをしたい気持ちを堪《こら》え、ユリカの髪を撫で、彼女のわき腹や足の裏をくすぐったり、スカートの裾をめくったりと、様々な悪戯《いたずら》をしかけた。彼女にキスしたり抱きしめたりする気持ちを堪えるためにしたことだったが、それは意外にも楽しく、僕は久しぶりに声をあげて笑った。ユリカはずっと笑っていて、僕はユリカをかわいいと思い、本当に心底かわいいなあと思い、彼女の髪の毛を何度も撫でた。

夕方頃に母親が帰ってくる物音がすると、僕は、ユリカの顔にタオルケットを被せ、押入れの襖を閉めた。

母親は大きな音を立ててドアを閉めた。リビングの床に、買い物をしてきたのだろう——商品が詰まったレジ袋が置かれる音が聞こえた。続いて、テレビの音。水の流れる音がし、しばらくすると包丁で野菜か何かを刻むような音が聞こえた。

僕はベッドに座って爪を噛みながらその音を聞き、何度か舌打ちをした。母親が立てる、がさつで粗っぽい、生活感のする物音が、不愉快で仕方なかった。

この家に自分とユリカ以外の人間が住んでいると思うと、すぐ側で生活を送っているのだと思うと、身ぶるいするほどの気持ち悪さをおぼえる。ネズミやゴキブリや普段あまり目にすることのない不衛生な生き物が、すぐ近くを這っていて、その存在を証明するように立てるリアルな物音が、耳の側で小さくなったり大きくなったりしながら聞こえてくるようだった。
僕は隣室から聞こえてくる音に怯えながら何度も爪を噛み、舌打ちを繰り返した。

4

体育の授業中無理やりズボンを脱がされてから、一週間が経った。今泉はあれ以来、何事もなかったかのような顔で登校し、授業を受け、仲間を笑わせていたが、帰り際、リュックの中に教科書を詰めている僕の耳にそっと口をよせて、「じゃあな、クラミジア」と例の性病の名前を口にした。僕が黙っていると、ニヤニヤしながら仲間と肩を組んで教室を出ていった。

彼はきちんと覚えているのだと思った。ああいうことをしたこと、僕の性器をみんなで見たということ、その色、形、匂い、そして、性器に絡みついた毛——。忘れたような顔をして、本当はしっかり覚えていて、その証拠にわざわざ僕のところにしつこく言いにくるのだ。僕もまた彼の嫌がらせをしっかり記憶しておこうと思った。思い出したくないと思って忘れようとしたり、違うことを考えれば一時的にはその苦しみから逃《のが》れられるが、それは自分にとってよくないような気がした。

僕は彼から受けた嫌がらせをしっかり頭に刻みつけ、そして何度も何度もしつこく頭の中で彼の声やその時の状況を再現しようとした。意識的に憎もうとした。僕はなんというか、もっと人を憎んだ方がいいような気がした。その憎しみが、何か行動を起こす原動力になるような気もした。しかし、今泉を憎もうとすると、なぜか、あの時あの場に居合わせ、目が合った女子達が頭に浮かび、激しく苛々することがあった。

ある日の休み時間、今泉はいつものように窓際の自分の席の周りに人を集め、大きな声で話をしていた。

僕は廊下側の一番前の席に座って、表紙で顔を隠すようにして本の中の文字と文字の間の空白の部分をジッと見つめていた。

今泉がお決まりの自分の鼻自慢を始めた時だった。僕は、机の横にかけていた自分のリュックをつかんで、席を立った。

僕の行動は突発的だったような気もするし、頭の中でずっとシミュレーションしていたことを実践しただけのような気もする。

席を立つと、僕は整列した机や椅子を手で押しのけて、今泉達の方に近づいていった。そして、今泉に群がるクラスメイトの後ろに立ち、彼のところから自分の顔がよく見える位置に立った。

話が盛り上がり、今泉がお決まりの横顔披露を始めると、僕は横を向き、少し下を向いて、声を出さずに笑った。僕はそれまで彼の行為を心の中で笑っていたが、表情に出したのはこれが初めてだった。

僕は今泉の目に入るように彼の視線を意識しながら笑い、途中から目的を忘れ本当に可笑《お》笑《か》しくなって、口元を手で押さえ、肩を小刻みに揺らしながら笑い続けた。しばらく笑っていると、今泉の咎《とが》めるような視線を感じ、僕は笑うことをやめようと思った。やめなければいけないと思った。しかし、僕の身体はいうことを聞かなかった。

「おい!!　何が可笑しいんだよ!」

気がつくと、今泉がすぐ側に立っていた。眉間《みけん》に縦皺《たてじわ》が入り、細い目がいつもよりも大きく見開かれ、自慢の鼻の穴が大きく開いていた。今泉は、いつもの今泉らしくなかった。いつもの彼が持ち合わせている余裕がなかった。僕の鼻をピンセットでつまむ時のぐらぐら揺れている手首の動きが、毛の濃さをからかってきた時の前後にゆっくり揺れる首の動きが、クラミジア、と僕の耳元で呟くゆったりした声の響きが、気だるさにも似た余裕が、その時の彼にはなかった。

今泉が手に持っていた教科書で、僕の頭を横から激しく叩いた。僕はよろめき、自分の身体を支えるように片手で机の角を摑んだ。

「ふざけてんじゃねえぞ！！！」

今泉が拳を振り上げる。二度目のはかなり痛かった。頰を強打された僕は、机に雪崩《なだ》れかかるようにして倒れた。しゃべろうとしたが、痛みのために口が開かず、手で頰を押さえたまま動くことができなかった。

「僕は……僕はこれを、リュックを、後ろの棚に……」

しばらくして、僕は今泉の足元を見ながら口を開いた。ここまで殴られて、なぜ言い訳をしているのか、自分で自分が不思議だった。

「おまえさあ、俺のことバカにしてんの？　何笑ってんだよ、何がおもしれえんだよ。あ？　なあ言えよ、しゃべれよっ！！！」

今泉が側にあった椅子を僕に向かって蹴り上げ、僕は反射的に頭を抱えて身を守った。

彼は僕が抱きしめるようにして持っていたリュックを強引に奪い取り、チャックを全開にすると、中に入っていた本や教科書や筆箱を床に向かってぶちまけた。しかし、そこまでしても怒りが収まらないようで、側にあった椅子を次々と蹴り上げ、整列をめちゃくちゃにすると、何か大声を上げながら教室を出て行った。

今泉が出て行った直後、クラスはしん、と静まり返っていたが、誰かが倒れた椅子や机を起こし始めると、急にザワザワと騒がしくなった。誰かの笑い声も聞こえた。しかし、その笑い声は他の生徒達に伝染することはなかった。

僕は授業が始まるまで、その場から動くことができなかった。

それからしばらくして、進級し、クラスが変わった。僕は運の悪いことに再び今泉と同じクラスになった。

新しいクラスになってすぐ、今泉は同じクラスになった田島《たじま》と仲良くなり、つるむようになった。田島はもともと別のクラスの鷲津《わしづ》と篠田《しのだ》と仲が良く、そこに今泉が加わるような形になった。四人の中でも田島と鷲津は喧嘩《けんか》っ早く横暴で、一度頭に血が上ると収拾がつかないところがあると、同じ学年のみんなから怖れられていた。

教師ですら二人のことを怖れていて、何か事を起こしてもあまり注意せずに、自分達に火の粉がかかってこないよう、彼らにかかわらないようにしているところがあった。

今泉は確かに目立ちたがり屋でいたずら好きで横暴な面はあったが、授業は大体出席していたし、教師に注意を受けると、陰で文句を言いながらも、表面的には言うことを聞くようなやつだった。しかし、田島達とつるむようになると、明らかに素行が悪くなっていった。ズボンを腰の辺りで緩く穿きこなし、上履きの踵《かかと》を踏み潰して歩くようになった。髪を伸ばし、スプレーで固め、画鋲《がびょう》を使って、耳にピアスの穴を開けた。トイレでタバコを吸ったり、いたずらで非常ベルを押したり、二階の窓から部活の練習に励《はげ》む生徒達に向かって牛乳瓶を落としたりした。

僕は彼らに目をつけられないよう、二年の時よりもより一層ひっそりと学校生活を送るようになった。静かに大人しくしていれば、自分は何も危害をくわえられないだろうと思った。そうあってほしいと願った。二年の時、今泉がピンセットで僕の鼻をつまんだのは、たまたま僕が近くにいたからであって、それは僕でなくても、大人しそうな何か言ったりやったりしても反抗しないような男子であれば、誰でも良かったのではないかと思えた。

しかし、僕の考えは甘かった。今泉は進級と共により一層、僕にしつこく絡んでくるようになり、僕をからかいに来る時も、一人ではなく、その横に必ず田島や鷲津、あるいは篠田を引き連れてくるようになった。

「おい、潰れ鼻」

進級し二週間が経ったある日、今泉が田島と鷲津を引き連れて僕の机の周りにやってきた。

僕はその時机の中から次の授業で使う教科書やノートを出そうとしているところだったが、彼らに取り囲まれた途端、自分の動作をピタリととめた。

「なあ、俺達とおもしろい遊びしようぜ〜」

今泉が首をクネクネと左右に動かしながら顔を寄せてきた。

僕は自分のくっつけた二本の足の隙間から教室の床をジッと見つめ、黙っていた。

「なあなあなあ」

今泉が消しゴムで僕の鼻を擦ってきた。消しカスが、膝の上にぽろぽろとこぼれる。

僕は抵抗したが、後ろから鷲津に頭を固定され、両手は田島に掴まれて机の上に無理やり置かされた。僕の手を踏みつけるようにして今泉が尻をのせ、片方の足を持ち上げて机の上にのせる。

「返事はー?」

「はーい」

田島が僕の代わりにおどけた声を出す。

「よしよし」

今泉が満足そうに笑い、僕の目に向かって消しカスを飛ばしてきた。そして不意に耳元に顔を寄せてくると、「放課後さ、新島亜美《にいじまあみ》の机の中に入れといてくれる?」そう言って、尻の下に敷いていた僕の左手を引っ張って、その中に何かを握らせた。

「なに……?」

「見たらわかるよ」

僕はゆっくりと手を開いた。

小さな透明の袋の中に、丸い形をした輪っかのようなものが入っている。

「コンドーム」

見た瞬間にそうだとはわかったが、今泉の言葉を聞いた途端、僕は反射的にそれを制服のポケットの中にねじ込んだ。

「おいコイツ顔真っ赤だぞ」

鷲津が僕の顔を覗き込み、声を押し殺すようにして笑った。

「無理」

僕は低い声でそう言い、首を左右に激しく振った。

「無理だから、これは……」

「は？」

今泉が急に真顔になって、僕の方に身を乗り出した。

「おまえさ何無理とか言ってんの？　おまえ誰に口きいてんの。そんなこと言う権利おまえにないだろ。拒否する権利おまえにないだろ」

今泉は何度も権利権利と言った。おまえが僕をいじめる権利もないだろ。僕は彼を睨《にら》みつけようとしたが怖くなってやめ、代わりに机の上の消しゴムをジッと見つめた。

「こんなことして……」

僕はそう言いかけたが、自分が何を言いたいのかよくわからなくなってやめた。

「さっきからブツブツ何だよ。おまえが性病持ってんのみんなにバラすぞ」

今泉がそう言い、僕のポケットを拳で小突《こづ》いてきた。

「ちゃーんと、入れとけよ」

僕は彼らが立ち去った後、トイレに行き、ポケットの中のものを取り出して見た。それは確かにコンドームだったが、遠目に見れば、ただのビニールに入ったゴミのようにも見えた。

これの用途を考えてしまうから机の中に入れることを躊躇《ちゅうちょ》してしまうのであって、ただのゴミだと思えば、入れることは容易《たやす》いような気がした。僕はそれを手の中で強く握り締め、ポケットの中に戻した。

翌朝学校に行くと、教室の隅で数人の女子が何かを取り囲むようにして集まっていた。近寄ってみると、輪の中心で、新島亜美が泣いているのが見えた。

「大丈夫?」

一人の女子がしきりに彼女に向かって声をかけ、ハンカチを差し出し、別の女子も同じように、自分のハンカチやティッシュを、彼女に向かって差し出していた。その中には、体育館でズボンを脱がされた時、目が合った女子もいた。

何人かの男子が、物珍しそうに、彼女達の横を通り過ぎていったが、声を掛けるものはいなかった。

僕は自分の席にリュックを置いてから、なんとなく彼女達のもとに行き、新島亜美を取り囲んでいるうちの一人に声をかけた。

「何かあったの？」

彼女は驚いたように振り返って僕を見た。明らかに不審がっているような表情だった。

「いや、何か泣いてるからさ。こんなところで泣いてるから、何かあったのかなあと思って」

僕は自分でも驚くほど自然に彼女に向かって話しかけていた。

普段、僕は女子の前に出ると、うまく言葉が出てこなかったり、声が上ずってしまうことが多かったので、そんな風に話せたことに自分で驚いていた。

「見ればわかるでしょ」

彼女はそう冷たく言い放ち、僕の存在に気づいた別の女子も、「空気読めよ」と罵った。

僕は女子とこんな風に会話できたのは初めてのような気がして、少しいい気分になった。

彼女達の肩の横から首を突っ込むようにして、中にいる新島亜美を覗き込む。

「ちょっと、近寄ってこないでよ」

「部外者は引っ込んでて」

彼女達は口をパクパクさせながら口々にそう言い、僕は小さな声で「部外者じゃないけど」と呟いた。

「なにコイツ。何で笑ってんの」

一人の女子が、僕を見て、軽蔑するように言った。

僕は笑っているつもりはなかったので、そう言われて少し驚く。

否定しようと口を開くと、

「人が泣いてんの見て、何で笑ってんの⁉」

体育の時、僕と目が合った女子が怒鳴った。

彼女はひどく怒っているように見え、肩が震え、目が少し潤《うる》んでいた。

僕は彼女の責め立てるような口調に、なぜか快感をおぼえ、彼女の顔をジッと見つめた。

彼女は鼻が大きく、頬が盛り上がっていて、歯には矯正器具をつけていた。口を開けると、それがよくわかる。僕はつまらないものを見たような気がして、彼女達に背を向け、自分の席に戻った。

席に着くと、僕は昨日の放課後のことを振り返った。

僕は放課後、トイレに行き、もう一度コンドームを取り出して眺めた。

コンドームの袋は、僕が手で強く握り締めたために、口が少し開いてしまっていた。僕は、これを彼女の、新島亜美の机の中に入れたら、彼女はどんな顔をするだろうかと考えた。コンドームを机の中に入れることに抵抗はあったが、僕は彼女の反応を見てみたいような気がした。彼女は机の中にあるコンドームを発見し、誰にも見つからないよう、それを机の奥にしまいこみ、休み時間に学校のゴミ箱に捨てるかもしれない。女はすぐに友達に話したがるから、もしかしたら仲の良い友達にこっそりと見せ、気持ち悪いと言い合い、誰が入れたのだろうと犯人探しを始めるかもしれない。

しかし、僕は、自分の想像したどの反応も、つまらないような気がした。僕は彼女の怯えたような表情を見てみたい。あまりの出来事に泣いて悲鳴をあげるような、そういう反応が見てみたい。今泉に指示されたとおり、僕はこのコンドームを彼女の机の中に入れなければいけないのだし、どうせやるなら、もっと、彼女の嫌がるようなことをやってみたかった。そうすることで、よくわからないが、体育館で下着を脱がされた僕を遠くから見て、僕の悪口を言っていたかもしれない女子達に対する復讐ができる気がした。新島亜美と、体育館で目が合った女子は別だったが、僕にとっては別にどちらでもよかった。

僕はトイレでマスターベーションをし、自分の精液をコンドームの中に溜めた。そして、コンドームの開口部を、破れないよう慎重に縛った。鶏から産み落とされたばかりの卵みたいにできたてほやほやの温かいそれを、ブレザーの内側に隠しながら教室に運び、周囲に誰もいないことを確認してから、僕は新島亜美の机の中にしまった。

昨日のことを思い出し、それから女子達に囲まれている新島亜美を見て、僕はなぜか笑いがこみあげてきた。彼女はあれを持ったのだろうか。自分の手のひらにのせてみただろうか。もしかしたら、人差し指で軽くつつくぐらいはしたかもしれない。

彼女は僕の精液をどんな風に処理するだろう。学校で捨てると見られる可能性があるから、もしかしたら家まで持ち帰るかもしれない。いや、帰り道に道端に投げ捨ててしまうかもしれない。車に轢《ひ》かれるか自転車のタイヤで潰されるか、人の足に踏みつけられるのかはわからないが、きゅ、ぷしゅ、ぴちゃ。あの萎みかけた水風船のような柔らかく繊細な玉が破裂する時の音を、僕は聞いてみたいような気がした。

破れた玉から出てくる僕の精液は、昨日のように温かくはないだろう。どろっとしている。とろとろとしている。それは地面の上を流れる。ゆっくりとしたペースで。途中でそれを人が踏んで滑ってしまうかもしれない。散歩中の犬が舌で舐めてしまうかもしれない。時間の経った精液は臭いと聞いたことがあるが、僕のはどうだろうか。

教室の入り口から、今泉と田島が中に入ってくるのが見える。彼らは僕の方を見てニヤニヤしている。ニヤニヤと頬を緩めたまま、僕の方に向かって歩いてくる。僕は椅子から立ち上がることができない。

新島亜美が、彼女を取り囲んでいる女子の一人に借りたハンカチで瞼を押さえている。彼女はまだ泣いている。彼女の泣き方は、どこか芝居じみているように見える。

「ごめんね……ハンカチ……洗って返すね」

新島亜美はハンカチを折りたたみながら、友人に向かって、泣きはらした顔でそう言った。

いいよいいよそんなの。全然大丈夫だから。

ハンカチの持ち主は、そう言って新島亜美の肩をポンポンと二回叩いた。

ごめんね。

何で謝るの？　亜美は何も悪くないんだよ。亜美は被害者なんだから。

「まさか、本当に入れるとは思わなかったよ」

いつの間にか僕の机のところまでやってきた今泉が、耳元で囁くように言う。田島と顔を見合わせて笑いながら。シャーペンの尖った部分で、僕の鼻を引っかいてくる。

「なんだよ、それ……」

僕はなぜか息をするのが苦しくなった。頭がひどくぼんやりとする。

机の下で、ズボン越しに自分の性器に手を当てた。

それは、コンドームの中に溜まった精液のように温かくて柔らかく、すこし強張《こわば》っている。僕は緊張をとくようにそれを握り、それからゆっくりと息を吐いた。

5

後藤由利香《ごとうゆりか》が担当している飼育係をやりたいと思ったことは一度もなかった。毎日餌《えさ》をやるのは面倒そうだったし、何より僕は生き物が苦手だった。犬とかうさぎとか猫とか、そういう世間一般に「かわいい」とされている生き物を、見るのも触るのも嫌だった。

学校のうさぎ小屋の前を通ったことは何度かある。うさぎの白い毛や、ずっと一点を見つめているような赤い目も気色悪かったが、何より、動きが気持ち悪かった。何かこう耳の辺りをブルッと震わす動きをすることがあって、それはとても小さな動きなのだけれど、僕を驚かせた。理科の授業で仕方なく触ったこともあったが、震えているのが手から伝わってきて、やはり気味が悪かった。

そのうさぎの飼育小屋に新品のスニーカーを投げ入れられたのは、僕が新島亜美の机の中にコンドームを入れた翌々日だった。

その日、体育の授業は校庭で男女分かれてサッカーをやることになっていた。前日に雨が降っていたこともあり、校庭の土は水分を含みベチョベチョになっていて、サッカーなんかやるには、コンディションは最悪だった。ただでさえ、僕は母親に買ってもらったばかりの新品のスニーカーを履いていたので、極力激しい動きを避けたかった。思い切り走れば泥が飛んでくるし、ボールを蹴ればつま先が汚れる。僕はディフェンスをやるフリをして、自分のチームのコート付近で突っ立って、スポーツが得意な両チームの男子数人が激しくやり合う様子を遠くから眺めていた。

不意に、太股の辺りに何かかかったのを感じ、振り返ると、今泉が立っていた。彼の後ろで田島と篠田がそれぞれボールを足元で転がしている。

自分の太股に目をやると、泥がべったりとくっついていた。

「ボーッとしてんじゃねえよ」

篠田がそう言い、足元にあったボールをどかして、靴のつま先で地面を蹴り、僕の方に泥を飛ばしてきた。

田島がそれに続くように僕の膝目がけて強くボールを蹴る。

「いてっ」

僕は小さく声を漏らし、その場に尻餅をついた。

「すぐ転ぶなよ。鈍くさ」

田島が、ち、と短く舌打ちをする。

「早く蹴れよおまえの番だぞ」

今泉に促されたが、僕は立ち上がることができなかった。

「なあ、おまえサッカーのルールわかる？　相手が蹴ったら蹴り返さないと。パスもできねえじゃん。おまえ、いつも授業中何してんの？　バカなの？」

僕はゆっくりと立ち上がり、少しふらつきながら目の前のボールを田島の方に向かって蹴った。

控えめに蹴ったつもりだったが、ボールは田島の足に当たり、彼の靴に泥が飛び散った。

「おいふざけんなよ。おまえのせいで靴が汚れたんだけど。なあ、どこ見てんだよ、俺の靴見ろよ。泥だらけじゃんかよ。弁償しろ」

田島は自分の足を僕の前に突き出してそう訴えた。

僕は首を横に振った。

篠田が田島に代わって靴先で僕に向かって泥をかけてくる。

「え、何？　何で嫌がってんの？　人のもの汚したら弁償すんの当たり前だろ。おまえ、ほんと非常識だな」

「……蹴れっていうから」

やっとの思いで、僕はそう口にした。

「……蹴れっていうから、蹴った」

「何俺のせいだって言いたいの？」

今泉がそう言って詰め寄ってくる。

「おい、そこ何してんだよっ！」

体育の教師が、少し離れたところで怒鳴り声を上げた。

今泉は舌打ちをし、「行こうぜ」と篠田と田島に声を掛ける。

彼らが去っていくと、僕は自分の太股についた泥を落とそうと手で払ったが、こびりついてしまったそれはなかなか落とすことができなかった。

放課後、いつものように下駄箱を開けると、空っぽだった。体育の後、水道で汚れを落とし、濡れたまま下駄箱に放り込んでおいたはずのスニーカーがない。下駄箱には水が溜まっていた。

僕はしばらく、その下駄箱の水溜りをジッと見つめていた。

「おまえ、靴どうしたの？」

突然後ろから声をかけられて、振り返ると今泉と田島が突っ立っていた。篠田や鷲津はいない。

僕は何も言い返すことができずに、下駄箱のすのこの隙間を眺めていた。

「ねえねえねえ、どうしたの？　靴、なくなっちゃったの？」

今泉が腰を屈め、僕の顔を覗き込むようにして、小さな子供に話しかけるように聞いてきた。

田島がニヤニヤと笑いながら、彼の背中に肘をのせ、ふざけたように彼を真似て首を傾げる。

「あれれ、しゃべれなくなっちゃったの？」

僕はその時なんとなく顔をあげて田島の顔を見た。彼の肌は陽に焼けたのか、それとももともとそういう色素なのかわからなかったが、浅黒く、鼻の下に大きな染みがあった。笑っている口元に目をやると不揃いな並びの前歯が黄ばんでいるのが見える。僕は嫌なものを見たような気がして目を背け、すのこに視線を戻した。

「なーんだ、田島達ここにいたのか」

鷲津と篠田が校舎の中に入ってきて、僕は思わず顔を上げた。

鷲津は、今泉を見て、それから僕を見て、もう一度今泉を見た。

彼らは一様に薄ら笑いを浮かべ、手や足をブラブラさせていて落ち着きがなかった。僕は顔を伏せ、ジッと動かなかった。

「なんかさー、コイツの靴、どっか行っちゃったんだって」

今泉が僕の顔を見ながら、やたらと大きな声でそう言った。

「マジで？　え、俺ー、さっき見たかも、飼育小屋で。汚ねえ靴がうさぎの糞《くそ》まみれになってたぞ。もしかしてあれおまえの靴、かなあ？」

鷲津が下駄箱に寄りかかって、すっとぼけたような声で言い、篠田もそれに同調するように、あー、俺も見た見た、と身体を揺らした。

「だってよ。おまえ、見てきた方がいいんじゃね？　おまえの靴かもよ？」

今泉はさっきよりもさらに背中を折り曲げ、低い位置から覗き込むようにして僕を見てきた。僕はすのこから目を離さなかった。

今泉が僕に向かってまた何かを言い、田島が笑うのが聞こえた。

僕は上履きのまま、ゆっくりと床からすのこの上に降り、そのまま昇降口の方に向かって歩き出した。

今泉は僕の背中に向かってしつこく何か言ってきた。僕は彼らが自分の後をついてくるような気がしたが、しばらく歩くと、誰の声も聞こえなくなった。


飼育小屋の前で僕は立ち尽くしていた。

中には僕の靴があるのだろうが、外からだと中の様子がよくわからない。うさぎは外から見た限りだと二匹中にいて、どのうさぎも目を開けたまま眠っているように動かなかった。

「何してるの？」

突然後ろから声を掛けられて、僕は驚いて振り返った。

同じクラスの、後藤由利香だった。彼女も今泉同様、一年の時からクラスが一緒だ。何度か、話したことはある。腰の辺りまであった長い髪を最近切った。彼女には長い髪の方が似合う。前の方が良かった。僕はその時ふと、自分は彼女のことをよく見ているのかもしれないと思った。気のせいかもしれないが、近くで見ると、スカートの丈が前より少し短くなっている気がした。少し前までは、紺色のプリーツスカートが、小さくて丸い膝小僧を覆っていたと思ったけれど。

後藤由利香が怪訝《けげん》な顔で僕を見ていることに気づく。

僕は慌てて何か言おうと口を開きかけたが、彼女の目を見ると、思うように声を出すことができなかった。

後藤由利香が、僕の横を通り、飼育小屋の中に入っていった。彼女は慣れた手つきでうさぎを撫で、ビニールの中に入った餌をやっていた。

僕はしばらく彼女の姿を見ていたが、スニーカーを取りに行くことを諦め、飼育小屋に背を向けて歩き出した。

「ねえ！　これ、吉沢くんの？」

歩き始めてすぐ、後ろから声を掛けられ、僕は振り返った。

後藤由利香が右手に持ったスニーカーを自分の頭の位置で掲げていた。僕はそれを見ると早足で彼女の元へ向かって歩いた。

彼女はなぜか驚いたような表情で目を丸くして僕を見ていた。

「これ、紐が解《ほど》けてたんだけど。捜せば、もう片方のも見つかると思う……」

僕は一生懸命話をする彼女の顔をジッと見つめた。

睫が長い。瞬きの回数が、普通の人より多いような気がした。

「吉沢くん？」

後藤由利香が首を傾げて僕を見てくる。僕は急にはげしい緊張感をおぼえた。彼女は、靴が汚れているから、すぐそこの水道で洗ったほうがいいというようなことを言った。

「いい、いいいいいいいいい。いいからほんとに」

僕は顔の前で激しく手を振ったが、自分でもなぜそんなに靴を洗うことを拒んでいるのかよくわからなかった。

「でも洗えば全然履けるから」

そう言って後藤由利香は、もう片方の靴紐を飼育小屋に捜しに行こうとした。僕は彼女の腕を引っ張って、それを止めた。細い手首だった。自分が一度も感じたことのないような感触だった。ユリカの腕も彼女の腕と同じくらいの細さだが、感触は全然違った。ユリカのはもっとふにゃふにゃしていて、強く摑むと形が崩れてしまう。彼女のは、なんというか、細い中にぎっしりと何かが詰まっているような感じがした。僕は彼女の腕を解体して、中に詰まったそれを見てみたいような気がした。

彼女は握られた自分の腕と僕の顔を交互に見た。瞬《まばた》きが何度も繰り返される。

「……前の方が良かったな」

「え？」

自分でもどうして今彼女の髪型の話をしているのかわからなかったが、自分は彼女と飼育小屋の前で会った時からずっとそれを言いたかったような気がした。

「髪さ……前の、長い方が良かった。前の方が似合ってた気がする」

僕はそういうと、フッと息を吐いた。

後藤由利香の瞬きの回数が、さっきよりも多くなった気がする。気がつくと彼女の腕は僕の手の中になかった。僕は彼女の腕の感触を思い出すように、自分の手を何度も動かした。

そんなことがあってから、僕は後藤由利香をよく観察するようになった。僕は彼女のことを一年の時から他の女子よりもよく見ていたような気がするが、それは彼女の態度が他の女子に比べて優しいからだった。たとえば彼女が給食の配膳《はいぜん》をする当番の時、彼女は僕の分の給食を、他の人より多くよそってくれる。スープやシチューといった汁物を大きなお玉に三杯はすくってくれるのだ。他の男子には大体二杯、もしくは二杯半くらいなのに。他にも僕が体調を崩した時、彼女が掃除当番を代わってくれたことがあった。僕が教室の中で廊下側の席に座っていた時には、廊下からの冷たい風が入ってこないようにドアを閉めてくれたり、物を落とすとすぐに拾ってくれた。それが嬉しくて、一年の時、彼女が自分の席の横を通る時を見計らってわざと消しゴムを床に落としたりしたことがあった。一日のうちに、三回も。彼女は三回ともきちんと拾ってくれた。

飼育小屋に投げ入れられていたスニーカーは、結局家に帰ってから洗った。翌日学校に行き、後藤由利香の様子を観察した。一度だけ、二時間目と三時間目の中休みに、彼女と目が合ったが、すぐに逸らされてしまった。僕は、彼女が僕に何か言いたいことがあるんじゃないかと思い、休み時間に彼女の机の側をうろうろしてみたが、彼女の方から僕に話しかけてくることはなかった。

6

ユリカが家にきて一ヶ月が経ったある日、僕とユリカの生活を脅《おびや》かす出来事が起きた。きっかけは、年の離れた姉が実家に戻ってきたことだった。

姉と僕は年が七つ離れていて、姉は一年前に中学の同級生だった男と結婚し、家を出ていったきり、長い間顔を見せていなかった。

「随分《ずいぶん》、狭くなったわね」

日曜日の真っ昼間に突然何の連絡もなしに家に押しかけてきた姉は、リビングに足を踏み入れるなり母に向かってそう言い、旅行用の大きなボストンバッグを床にどさりと置いた。

僕はその様子を自分の部屋のドアをほんの少しだけ開けて、じっと観察していた。僕は日頃からそんな風に気づかれないようにコソコソとリビングを観察することが多かった。基本的に家の中では極力母と顔を合わせたくはなかったので、お腹が空いた時は母親がトイレに立ち上がった隙に部屋から飛び出し、リビングの冷蔵庫や戸棚から、調理しなくても食べられそうな食料を確保し、自分の部屋に持ち込むようにしていた。

夕食は、いつも母親がパートに出かける前に作った物が皿に盛られてラップをかけられ、テーブルの上に置いてあった。まだ生温かさの残っているそれを、僕はコンビニのレジ袋にすべて空け、きゅっと口を縛り、捨てていた。とはいっても家のゴミ箱に捨てるとバレる可能性があるので、毎朝、通学途中にあるコンビニのゴミ箱に捨てるようにしていた。母親には、だから多分バレていない。僕と母親の生活は至って平穏だった。

しかし、姉の一時帰宅により、僕達の平和な生活に亀裂《きれつ》が入ろうとしていた。

「二人で暮らすにはちょうどいいよ」

リビングでは母親と姉が会話をしている。

姉はリビングの椅子に腰掛け、派手なミニスカートから飛び出た短い脚を組み、やたらと光沢のある尖った爪を指で撫でていた。

「前の家にそのままいればよかったのに。アタシが戻ってきた時のこととか、ちゃんと考えててよね」

姉は偉そうにふんぞり返り、生意気に鼻を鳴らした。

僕は、ドアの細い隙間から姉をにらみつけた。

姉が家を出ていくことになった時、姉が使っていた部屋が空き、彼女が収集していた男性アイドルのポスターやグッズなども片づけられたことで、家の中にかなりスペースができた。

「二人で住むには広すぎると思わない？　家賃だって高いし、この際だからもうちょっと安いところ探して移りましょうよ」

姉が使っていた広い部屋に自分が移りたいと僕が主張すると、母親からそんな答えが返ってきた。母親の意見に、姉も賛同した。

「いいと思うよ。卓巳《たくみ》はまだ中学生なんだから、あんな広い部屋必要ないわよ。大体アンタ、物とかあんまり置くタイプじゃないじゃない。本とか漫画も読まないし。お母さんも家賃払うの大変だから、引っ越しちゃえば」

姉にそう言われると、僕は何も言えなかった。

僕はいつもそうだった。

何か言いたいことがあったり、自分の想いを伝えようとしても、母や姉に遮《さえぎ》られたり言いくるめられたりしてしまう。

しかし、その場では引き下がり、諦めたフリをするが、本当は強く根に持ったりすることが多かった。あの時のことは今思い返しても腹が立つ。

僕が小学生の時に父親と母親は離婚し、姉と僕は母親に引き取られた。母親は仕事で家にいることが少なかったので、姉は家に男を連れ込んだり、未成年のくせに家に友達をたくさん呼んで酒を呑んだりとやりたい放題だった。

僕が姉の行動を母に告げ口しようとすると、ベッドの下に隠しておいたエロ本や、悪い点数をとったテストの解答用紙をいつの間にか探し出してきて、それを突きつけて脅してきた。

「お母さんに見られたくなかったら、アタシの言うこと聞きなさいよ」

姉にそう言われると、僕は黙って下を向いた。何も言い返すことができなかった。

姉は悪いことをしていてもいつも堂々としていて、僕は、何も悪いことをしていなくても、常にびくびくとしていた。

僕は姉に弱みを握られていることが怖かったというよりも、姉の何も怖いものはないというような毅然《きぜん》とした態度に恐怖を感じていた。

家を出て行く時、姉は、自分はもう家には戻らないから狭い家に引っ越すのは何の問題もない、と言った。

そして、実際、結婚してからの一年間、姉は家に連絡一つよこさず、クリスマスもお正月も墓参りも親戚の結婚式にも顔を出さなかった。

僕の中で、姉という存在は家族という形式的な枠組みから完全に外れていた。

その姉が戻ってきた。

僕は嫌な予感がして、自分の部屋のドアの隙間から様子を窺《うかが》っていた。

姉は脚を組み、タバコを吸っていた。ピンク色に少し灰色がかったようなくすんだ色の薄い唇から細い煙が伸びている。

母親の顔は僕の場所からは見えなかったが、ズルズルとお茶を啜《すす》る音が聞こえた。

「アイツ、浮気してたのよ。しかも相手の年がね、一八なの。まだ高校生よ。あり得ないでしょ？」

姉は目を細め、母親に愚痴《ぐち》をこぼしていた。

どうやら旦那である男に浮気をされ、家出をしてきたようだった。

「浮気ねー、まあ、しそうだなあって、思ってたんだよね、実際。結婚する前からさ。なんで結婚したんだろ。浮気するだけならまだ良かったんだけどさ、アイツ、自分の給料でその子にプレゼント買ってたんだよね、ブランドもののバッグ。しかもデート代は全部アイツが支払ってたみたいだし。アタシには金がない金がないって嘆《なげ》いてたくせにさー、マジでふざけんなって話だよね？　こっちだって生活切り詰めて、自分の欲しいものだって我慢してきたのにさー、あー、もう話してたらまた腹立ってきた」

姉は、怒りを鎮めるように、上に向かって大きく煙を吐き出し、脚を組みなおした。

狭いキッチンの天井の方に、姉の吐いた煙が充満している。僕はその煙がひどく有害なものに思え、なんとなく、手で口を塞《ふさ》ぎ、ドアの開きをさらに狭くした。

「ねー、それでさ、しばらく泊めてもらうから、ここに」

「ここにって言ったって、部屋がないじゃない」

「あるじゃん」

「だって、あそこは卓巳の部屋だよ」

「いいじゃん。どうせ、使ってないんでしょ。卓巳にはこっちのリビングで寝てもらえばいいよ」

姉は勝手なことを言うと、立ち上がって、僕の部屋に向かって歩いてきた。

僕は慌ててドアから離れ、椅子に飛び乗り、机の上にたまたま置いてあった教材を開いて勉強しているフリをした。

姉はノックもせずに僕の部屋にどかどか入ってくると、

「ねえ、アンタ、この部屋空けてよ。アタシが使うから」

僕は教科書に視線を落としたまま、黙っていた。

「聞いてんの？　いいでしょ？　たまに帰ってきたんだから、お姉さんに部屋を譲るくらい」

ねえ、と姉がしつこく言い、僕の顔を覗き込んできた。タバコとミントのような香料の混ざった口臭がする。僕は胃がムカムカした。

「ここは、僕の部屋だ」

「そんなもんわかってるわよ。借りるだけ。いって数ヶ月よ。アンタはその間あっちのリビングで寝起きしてくれればいいの」

「いやだよ。ここは……」

「ったく、物分りの悪いヤツだな。さっさと部屋開けろよ」

姉は急に語気を荒らげ、近くにあったゴミ箱を足で蹴飛ばした。

押入れの中にいるユリカのことが気になった。守らなければいけない。僕は何よりもまず、ユリカを守らなければいけない。

僕は立ち上がり、床に転がっている衣服をベッドに向かって放り投げている姉に向かって静かに言った。

「わかったから。部屋、空けるから」

リビングは狭いが、テントをはれるくらいのスペースはあると思った。部屋を空けるのであれば、まずはユリカを移動させなければならない。時間が必要だった。

僕は姉に部屋を空けるのを半日だけ待ってほしいと頼み、財布を持って慌てて家を出た。

電車に乗り、財布の中のお札を数えた。手元の所持金は一万五千円。このお金の中からユリカの新しい洋服を買うつもりだったが、緊急事態なので、仕方がなかった。

デパートに着くと、アウトドアやキャンプ用品を売っている店を探した。

エレベーターを使って上階に向かう。僕は焦っていた。ユリカが心配だった。家を出る前、姉と母に、絶対に部屋に入らないようにとしつこく言ってきた。母は入らないにしても、姉は信用できなかった。部屋は内側からは鍵がかけられるが、外側からかけることはできない。ユリカは押入れにいるので、押入れの襖を開けない限り、バレることはない。しかし、僕は念のために、ユリカの身体を大きめのタオルケットを何重にも重ねてぐるぐる巻きにし、さらにその上から自分の洋服をあるだけ全部のせ、下にあるタオルケットが見えないように覆い隠した。

店に入ると、僕はすぐに近くにいた女性店員に声をかけた。

外で知らない人間に声をかけたのは、ずいぶん久しぶりな気がした。

「テントを探してるんですけど」僕はせっつくようにその女に言った。女は太っていて、目が細く、口が大きかった。開かれた口から粘ついた唾液が糸をひいている。僕は女から目を逸らし、側にあったスキー用品に目をやった。

「どういったテントを？」

「人が二人入れるくらいの大きさのものであれば何でもいいです」

女はなぜか少し訝《いぶか》しげな顔をして僕の顔を見てきた。僕はスキー用品から目を離さなかった。

「ご案内致します」

女が僕に背を向けて歩き出し、僕は女のでっぷりとした肉付きのいい背中を見ながら彼女の後を追った。

テントは大型の物が一つと中くらいのサイズの物が一つずつしかなく、色も限られていた。

「今在庫がないので、こちらからお選びいただくか、もしくはお取り寄せすることもできますが」

僕は首を振った。テントの色は赤とオレンジしかなかった。オレンジの方は大型のもので、リビングに置くことはできない。そうなると残るのは赤しかなかった。僕はもうちょっと暗い色のものがほしかったが仕方なかった。隠れ家のようにしたかったのに、赤は目立ちすぎる。

僕は女の店員に「これにします」と赤いテントを指差した。

女は「かしこまりました」と言い、先に会計を、と、レジの前に促《うなが》した。

その時僕は値段を確認するのをすっかり忘れていたことに気づき、慌てて値札に目をやった。15444円――。財布の中の小銭を確かめる。ぎりぎりだった。ホッと胸を撫で下ろし、レジへと向かう。

姉と母は家の中のどこにもいなかった。二人でどこかに出かけたのだろう。いつ帰ってくるかはわからない。ユリカを押入れからテントに移動するところを絶対に見られるわけにはいかなかった。僕はいそいで自室へと向かい、押入れの襖を開け、洋服をかき分けてユリカの存在を確かめた。ユリカは家を出る時と同じ格好で、タオルケットにくるまれて安らかに眠っていた。安堵し、思わず彼女をタオルケットごと抱きしめる。タオルケットや洋服越しに、ユリカの胸が当たるのを感じ、僕は落ち着かない気分になって、すぐに背中に回した腕を解いた。自分を戒《いまし》めるように、右手で左腕を強くつねる。僕は焦っていた。しかし、彼女との関係を焦るのはよくないように思った。焦るのは現状に不安を持っているることの顕《あらわ》れのような気がした。僕はユリカとの関係に不安をもっていないし、今回の障害を乗り越えることで、僕達の仲はより深まっていくように思われた。

僕はすぐにテントを組み立てると、玄関の鍵がしまっていることを厳重に確認し、鎖までかけて、部屋中のカーテンをすべて閉め、部屋にユリカを迎えに行った。

ユリカの細い身体をタオルケットごと抱きかかえ、立ち上がると、僕は早足でテントへと向かう。テントの中にユリカを横たわらせ、彼女の寝場所をセットした。

身体に変な癖がつかないようにと、柔らかいタオルケットを何重にも積み重ね、その上にユリカを寝かせ、部屋にあったクッションを二つ重ねて枕代わりにした。テントの中は外からは見えなかったが、念のために僕は自分の部屋のカーテンを取り外し、テントの上から、覆うようにして被せた。

そして、もしもテントの中に誰かが入ってきた時、すぐにユリカを隠せるように、大量の洋服を部屋から持ってきてテントの中に敷き詰めた。さらに僕は、カーテンで覆われたテントの周囲に、障壁《しょうへき》として様々な物を配置した。鞄、ゲーム機、ぬいぐるみ、教科書、小型の椅子、蛍光灯――。そして部外者の侵入を妨げるように、その周囲に芯を出したボールペンやシャーペンを散乱させた。

そこまですると、僕はようやく安心してテントの中に入った。

テントの中で、僕は、衣服やがらくたに囲まれて安らかに眠っているユリカの手を頰に擦り付け、彼女の冷たい指で瞼を冷やした。

衣服をかきわけて、ユリカの顔を探す。しっかりとした輪郭で形作られた艶《つや》のある薄桃色のユリカの唇。僕は何度も想像してきた彼女の唇の柔らかさを確かめるようにそこに自分の唇を重ねた。ユリカとの初めてのキスだった。

7

新しいクラスには、長谷川《はせがわ》という自分とよく似た雰囲気の、地味で生真面目な男子がいた。彼は僕の三つ前の席に座っていて、いつも本を読んでいた。僕も休み時間に本や教科書を開いていたが、それは読んでいるフリであって、目で文字を追って内容を理解しているわけではなかった。彼は僕のように見せかけだけ本や教科書を読んでいるわけではなく、本当に集中して本の世界に入り込んでいるようだった。実際、彼は本を閉じる時、必ず間に黄色いしおりを挟んでいた。

長谷川の読んでいる本には、いつもカバーがかけられていて、どんな本を読んでいるのかわからなかったし、どういう系統のものが好きなのか、彼の趣味もよくわからなかった。

僕は自分が、教室で今泉にからかわれたり、田島や篠田や鷲津に絡まれたりしている時、ごくたまに長谷川の方を見ていることがあった。単純に、不思議だったからだ。長谷川は僕が見る限り一人も友達がいない。笑った顔も見たことがないし、そもそもクラスメイトとしゃべっているところを、ほとんど目にしたことがない。なぜ大人しくて地味な長谷川は絡まれないのに、今泉達は僕をからかい、僕にちょっかいを出すのか。いじめるのであれば、僕なんかより、ああいうやつの方が、よっぽどおもしろいんじゃないかと思うことすらあった。

しかし、僕がそんなことを考えながらいくら長谷川の方を見ても、彼と目が合ったことは一度もなかった。

ある時、僕が長谷川の机の側を通った時、彼が床に消しゴムを落とした。僕はすぐにその場に行って消しゴムを拾ってやり、そのついでのようにさりげなく彼に声をかけた。

「なあ、長谷川って、何の本読んでんの？」

彼は上目遣いに僕を見て、少し照れくさそうな顔をした。僕にはその反応は意外な気がした。急に話しかけたら、驚くか嫌な顔をされるかのどちらかだと思っていたからだ。

「夏目漱石だよ」

長谷川は小さく口を開いて呟いた。少し口を開いただけなのに、赤い歯茎が根元まで見えた。

「夏目……ああ、国語の授業で先生が話してたやつか。そういうのっておもしろいのか？　文字ばっかで、飽きない？」

「文字ばっかりって、小説なんだから当たり前じゃん……」

長谷川はそう言って、おもしろそうに笑った。

彼の反応に、僕は少しいい気になって、長谷川の前の席に、彼に向かい合うようにして腰掛けた。

「他には何読むの？」

特別興味はなかったが、なんとなく聞いてみた。

長谷川は、何人かの作家の名前を口にしたが、聞いたことのないような作家ばかりで僕にはどれも耳慣れない四字熟語のように聞こえた。

「へえ。長谷川って文学少年なんだな」

僕が適当に相槌《あいづち》を打っていると、長谷川は黄色いしおりを本に挟んで、僕をじっと見て「今度、何か貸そうか？」と言ってきた。

僕は少し驚いたが「あ、うん」と頷いた。

「僕にも読めるかな？」

「読める読める。初めはわりと読みやすいものを貸すよ」

長谷川はそう言って、少し嬉しそうな顔をした。


翌週の月曜日、長谷川は本当に本を持ってきた。

休み時間に僕の机に本を持ってやってきた彼に「何これ」と聞くと、

「この前話しただろ、本貸すって」

「ああ……」

本には長谷川のブックカバーが掛けられていて、僕がそれを取ろうとすると、彼は嫌がった。

「カバーかけとく方が汚れなくていいから」

長谷川のブックカバーは無地で、隅に小さく彼のイニシャルが書いてあった。僕は長谷川のブックカバー付きの本を持ち歩くのは嫌な気がしたが、彼が「他人の手垢《てあか》が本につくのは嫌だから」としつこく言うので、外さずに借りることにした。僕はその本を授業中や休み時間にぺらぺらとめくってみたが、内容はあまり頭に入ってこなかった。

長谷川から本を借りて二週間ほど経っても、僕はまだ読めずにいた。何度か手にとって冒頭の部分を読んでみたけれど、あまりおもしろいと思えず、そもそも僕は活字が苦手だということに本を借りてから気づき、長谷川に本を返してしまいたいと思っていた。しかし、読んだら感想を聞かせて欲しいと言われている手前、読んでもいないのに返すことはできず、ずっと手元に置いていた。あれ以来、というのは長谷川が僕に本を貸してくれた日以来ということだが、彼はトイレや廊下で僕にバッタリ会うと、話しかけてくるようになっていた。


「この後ってヒマ？」

放課後、帰り支度をし、下駄箱で上履きからスニーカーに履き替えていると、後ろから声をかけられた。長谷川だった。

「よかったら、一緒に勉強でもしない？　テストも近いし」

「ああ……いいよ」

僕達は学校の近くのファミレスに向かった。

ファミレスに着くと、長谷川はすぐに店員を呼び、ドリンクバーを二つ注文した。僕が待ってよと言うと、「いいよな？　ドリンクバーで」と押し切られた。思ったより自分勝手なやつだなと思い、僕は少し苛々した。

「これ買っちゃったから、今金欠でさー」

長谷川はそう言いながら鞄の中からテキストや参考書を取り出し、次々と机の上に並べていった。

「これ、全部自分で買ったの？」

「当たり前じゃん。まだまだほしいやつあるから、来月の小遣いで買おうと思ってるんだけどね」

長谷川は得意げに言って、皺一つない新品のテキストのページをめくった。

「勉強熱心なんだなー、長谷川って」

「そんなこともないよ」

彼はそれから塾のテストの点数や最近読んだ本の話をしてきたが、僕はあまり興味が持てず、メロンソーダの入ったグラスにストローをさして、ぐるぐる回していた。

不意に、ファミレスの入り口から制服を着た女子が数人入ってきた。僕は彼女達を見て、少し焦った。そして、制服が自分達の学校のものかどうか確認し、そうでないとわかると、少し安心した。長谷川と一緒にいるところを、同じ学校の生徒に見られるのは嫌だった。自分と長谷川が仲がいいと思われるのは、どういうわけかひどく嫌な気がした。

「吉沢は将来のこととかどう考えてるの？」

いきなり長谷川にそう質問され、僕は動揺した。

「ん？　将来って？」

「まあ、近い将来でいうと、中学を卒業してからのことかなあ、高校はどこ行くつもりなの？」

「高校？　まだ考えたことないなあ」

僕がそう言うと、長谷川は少しバカにするように鼻で笑った。

「え、まだって、まだって遅くない？　もう考えないと。僕達もう三年なんだよ？　吉沢って、意外とそういうとこぼんやりしてるんだな。もっとしっかりしてるかと思ったけど」

僕は将来のことを考えているからってしっかりしているとは限らないと反論しようとし

たが、面倒になってやめた。

「僕さ、年の離れた妹がいるんだよ。なついてきて、めちゃくちゃかわいいんだよね。兄としてさ、しっかりしようとは思ってるんだよね。ちゃんと妹の手本になれるようにしたいし。吉沢は？　兄弟とかいんの？」

「僕はー、姉が、いる……。結婚して家出てったんだけど、最近突然戻ってきてさ……」

「ふーん。お姉ちゃんか。なんか、わかる気がする」

そう言って長谷川は意味深な笑みを浮かべた。僕は少し苛々して「何がわかるの？」と聞いたが、長谷川は笑ったまま答えようとしなかった。

長谷川はそれから、自分が行きたい高校の名前をいくつかあげ、僕はそれをぼんやりと聞いていた。彼の話が一段落ついたところで、僕はなんとなく彼に自分の話をしてみたくなった。どうしてそういう気持ちになったのかはよくわからなかった。今日、こうして、長谷川に誘われてファミレスに来ていなかったら、あるいは長谷川が自分の話ばかりしなければ、僕はそんな話を切り出そうとは思わなかったかもしれない。しかし、長谷川の話を聞いているうち、彼の表情や手つきを見ているうち、僕は自分の話をどうしてもしたいような気になった。

「あのさ、僕って、学校だとどう見える？」

「普通に、真面目だと思うよ。宿題とか忘れたことないだろう。でも英語の授業であてられると、よく間違えてるよな。あれは発音が悪いんだと思うけど」

「そうじゃなくてさ、僕って……ほら、よく、今泉とかに絡まれてるだろ？　長谷川も知ってるだろ？　ああいうのとか、見ててさ、どう思う？」

長谷川は質問の意図を探るように、眉を寄せて僕を見てきた。

「どうって？」

「つまりさ……つまり、わかるだろう？　やっぱり、酷《ひど》いことされてるなあとか思う？」

長谷川は、さらに眉を寄せ、僕の顔を見てきた。何か言うかと待っていたが、何も言ってこない。長谷川は、ソファに身体をあずけ、ストローでコーラを啜った。

僕は長谷川の態度に焦《じ》れったさをおぼえ、テーブルの上に身を乗り出して、「だからさ」と語気を荒らげた。

「いじめについてどう思うかってことだろ？」

しゃべろうとすると、長谷川に遮られた。彼はひどく面倒そうな顔で、ソファから身体を起こした。

「吉沢、あいつらにいじめられてるんだろ？　それはわかるよ、普通に。見てれば。僕だけじゃなくて、クラス全員、ひょっとしたら学年全員知ってるんじゃないかなあ。でもあれだろ、暴力とかは、受けてないんだろ？」

「それは、まあ、あんまり……」

「だったらまだマシな方だよ。実際さ、精神的なものより、肉体的なものの方がダメージ大きいだろ。ハードっていうかさ」

長谷川はそう言って、何がおもしろいのか声を出さずに笑った。

「でもあれだよなあ、暴力とか受けてれば、傷とかー、痣《あざ》とか？　あいつらにやられましたとか言って親とか教師にチクれるけど、何も証拠がないと、不利だよなあ」

「それは何？」

僕は自分の苛立ちを抑えるように、メロンソーダの中で浮いているストローをクルクルと回した。

「それはさ、長谷川の言ってるのは、一般論？」

長谷川が口を開く。上唇が持ち上がり、熟《う》れすぎた果実のように真っ赤な歯茎が上の方まで見える。僕は長谷川が話し出すより早く、自分の言葉を外に出す。

「僕はさ……、僕は、長谷川の意見が聞きたいんだよ」

長谷川が、不思議そうな顔で僕を見る。彼のグラスには、僕のよりも多く水滴がついている。

「意見って言われてもなあ。別に、僕がいじめられてるわけじゃないからなあ。何だろう。ああでも……いや、何でもない」

「何だよ」

「いや……だからさ、その、いじめられる方にも、問題があると思うんだよね。僕はいじめられたことないから、よくわかんないけど」

「問題って？」

僕が聞くと、長谷川はうっとうしそうな顔をして、左手で前髪をかきあげた。

「ていうかさ、もうこの話やめない？　なんか、無駄じゃない？　こういう話。そもそも、僕には関係のないことだしさ」

長谷川にそう言われ、僕は自分でもなぜこんなに彼に対してムキになってしまったのだろうと少し恥ずかしく思った。自分が何を言いたかったのか、長谷川に何を言って欲しかったのか、自分で自分がよくわからなかった。

長谷川はそれから数学の教師の悪口を話し始めた。僕達はその話で盛り上がり、長谷川はとても楽しそうだった。僕は長谷川に今泉達のことを話したのを早く忘れたくて、長谷川にも忘れてほしくて、彼の話を盛り上げようと、思いつく限りの教師の悪口を並べたてた。

二人で話す頻度《ひんど》が増えていくと、長谷川の僕に対する態度は、少しずつ変化していった。英語の時間、教科書にのっていた英語の和訳を答えるように教師に名指しであてられたことがあった。僕が答えようと顔を上げると、僕より三つ前の席に座っている長谷川と目が合った。彼は椅子の背もたれに手をのせて、身体をひねるようにして僕を見ていた。僕は長谷川の視線に緊張し、うまく答えることができなかった。僕が教師に怒られると、長谷川はすぐに机に向き直った。他にも、クラス全体で何かを決めようとする時、ふと顔を上げると長谷川と目が合った。彼は首を傾け、僕に意見を求めようとしているのか、首を何度か上下に揺らしてみせたりした。僕はそういう時、どうしていいかわからずに、さりげなく視線をそらした。

しかし、学校で長谷川が話しかけてくることはほとんどなかった。たまにトイレや廊下や下駄箱で会うと、彼の方から話しかけてくることがあったが、そういう時はいつも、周りに他の生徒がいない時だった。周囲に生徒がいれば、僕がすぐ近くにいても長谷川は絶対に声をかけてはこなかった。しかし、僕の方も、長谷川と仲がいいと周りから思われたりするのは嫌だったので、彼の態度は都合が良かった。良かったけれど、長谷川の方からそんな風に周囲の目を意識したり、話しかけるタイミングをはかっているというのは、なんだか気に食わなかった。どうしてアイツに僕が合わせなければいけないんだろう。長谷川の都合に。長谷川のやり方に。長谷川に話しかけたのは僕だった。きっかけを作ったのは僕だった。しかし、僕は時々彼に、変な言い方かもしれないが、利用されているような気持ちになることがあった。長谷川が僕に話しかけてくる時、彼はいつも自分の話を一方的にしてきた。僕を気遣ったり、いじめの話に触れてくることも一切なかった。彼は、ただ話し相手が必要だから、僕を利用しているだけなのかもしれない。その証拠に、僕という人間にも、僕という人間が置かれている状況にも、全く興味がない。

それでも僕は長谷川に声を掛けられたり、彼の話に相槌をうっている時、ほんの少しいい気分になることがあった。混乱しているのかもしれない。僕は、友達というものが、よくわからなかった。

8

姉に部屋を奪われ、テントでの生活が始まって半月ほど経ったある朝、僕はユリカと一緒に外に出てみることを思いついた。

ユリカを購入した直後は、彼女を外に出そうとは思いもしなかったが、僕はユリカが家に来てから、自分が開放的な気分になることがよくあった。とはいっても、それは目に見える形で、たとえば、自分から積極的にクラスメイトに話しかけたり、人と話している時に愛想よく笑ったり、そんな風に、社交的になったというわけではなかった。僕はただ、自分が何でもできそうだと思うことが多くなった。そして、実際に何かをやってみたい気持ちになることも増えた。新島亜美の机の中に、精液を溜めたコンドームを入れた時もそうだった。僕は彼女の机の中にコンドームを入れてみたくなった。自分がそれができるかどうか、きちんとコンドームを入れられるかどうか、試してみたかった。もちろん最初は今泉からの指示だったが、いつからかはわからないが、それは、僕の意志へと変化していったような気がする。そして、一度そう思うと、それをどうしてもやりたいような、やらなければいけないような気がした。僕は自分で自分を肯定したかったのかもしれない。自分の想いや考えを行動に移さなければ、僕は永遠に自分を肯定できないような、そんな気がした。結果的に、あれはうまくいったのだと思う。僕はあまり焦ることなく彼女の机の中にコンドームを入れることができたし、彼女は机の中に入ったコンドームを見つけて泣いていた。しかし、泣くのは何か違うと思った。あそこで泣くのは違う。彼女の反応は、よくわからないが、僕が望んでいたものとは、少し違う気がした。

僕は旅行用の大きなボストンバッグの中に厚めのタオルを敷き、その中にユリカを詰めた。その日は、ひどく良い天気だった。空は雲ひとつない快晴で、僕はいい気分だった。ユリカにあまり負担をかけないようにと、彼女の首と膝の部分だけを折り曲げ、仰向けになるように、丁寧にバッグの中に寝かせる。ユリカは少し窮屈そうだった。バッグの中で普段より一回りくらい小さくなったように見えるユリカを、あやすように、彼女の手に自分の指を絡め、左右にゆらゆらと揺らす。ユリカの前髪を撫で、柔らかい頬をほぐすように両手で揉む。

「今日は、いい天気なんだよ」
僕はユリカを外に出す言い訳のように、そうぼんやりと呟きながら、ユリカの入ったバッグのチャックを閉め、両手でそれを持ち上げた。

家を出て、近所の公園へと向かう。僕はバッグの持ち手をしっかりと握りながら、歩道を歩いた。時々立ち止まって、周囲に人がいないことを確認してから、チャックをほんの少し開き、中にいるユリカの存在を確かめた。

途中、杖をついた老人と、自転車に乗った女とすれ違った。どちらも僕の方を見なかったが、僕は彼らが通り過ぎた後も、振り返って彼らの後ろ姿を眺めた。

僕はもし自分がユリカと手をつないで道を歩いていたら、それを見た人はどう思うだろうかと考えた。その人は、ユリカに興味を示すだろうか？　それともユリカを連れて歩く僕の方を見る？　どちらも見るかもしれない。あるいはどちらにも興味を示さない人も、いるかもしれない。しかし、僕はそもそもユリカと一緒に外を歩くことなど、おそらくこの先も絶対にないだろうと思った。人にどう思われるか、ということよりも、自分が嫌だった。ユリカを連れて歩くということは、自分の彼女を人前に曝すということだ。家族にすら見せたことのない彼女を、通り過ぎる人通り過ぎる人に見せている、見られてしまう、ということだ。僕はそれを想像した時、自分がひどくもったいないことをしているような気分になった。通りを歩く様々な人の目に曝した途端、ユリカの価値は下がってしまうような、そんな気がした。しかし、それが特定の個人であれば、話は別だった。ユリカが家に来てから、およそ一ヶ月半が過ぎた。今まで彼女のことは人目に触れないよう、自分だけのテリトリーに隠しておくつもりだった。けれど、僕は彼女を、密《ひそ》かに、誰かに見せたいような気がした。僕は人に新品の筆箱や靴を見せびらかしたり、自慢したりしたことがなかったし、そもそも、そういうことをしたいと思ったことがなかった。しかし、ユリカは見せてみたいような気がした。彼女を見せ、相手の反応を見てみたい。単純に、ユリカを見せたいというよりも、ユリカと僕の関係性であったり、僕らの仲を、誰かに知ってほしいような、見てもらいたいような、認めてもらいたいような、そんな気がした。けれど、現時点でユリカと会わせてもいいと思える人間は、僕の周りにはいなかった。

　公園に着くと、僕はまず滑り台の上に上がった。チャックを開け、バッグの中のユリカを抱き起こす。公園には、僕ら以外には誰もいない。滑り台の他にブランコがあり、僕はユリカを膝の上にのせて、あれに乗ったらきっと楽しいだろうと思った。でも、そう思っただけで、実行にはうつさなかった。

僕はユリカの乱れた髪の毛を手でととのえ、彼女の肩に腕をまわした。こうしていると、本当にカップルみたいだと思い、僕は少しいい気分になって、ユリカに話しかけた。

ほらみてごらん。すごくいい天気だろ。ユリカに外の景色を見せるのは初めてだよね。いつもあんな暗くて狭苦しいところに押し込めてごめんね。でも、あそこだと僕の部屋にいた時より、くっついて寝れるだろう？　僕はいつもユリカの身体を抱き枕みたいにして、自分の身体を巻きつけて寝てしまうけど、もし苦しいようだったら言ってほしい。君が言ってくれれば、僕はお互いにとってもっといい寝方がないか、考えてみるよ――。

僕はそこまで話すと、ユリカを自分の方に引き寄せた。目を閉じてユリカの唇に自分のそれを押し当てる。舌を動かす。ユリカの中で自分の舌が、動いているのを感じる。心地よい圧迫感につつまれて。自分の唾液が、布製のユリカの唇にじわ、と滲《にじ》むのがわかる。その染みはどんどんどんどん大きくなり広がっていく。僕は目を開け、それを見る。ユリカの口元に、水溜りのように黒く滲んだ染み。僕はユリカの頭の後ろに手を置き、彼女を抱きしめる。

帰り道、僕はボストンバッグを抱きかかえるようにして持った。途中、周りに人がいないことを確認してからスキップをしてみたりした。僕は高揚《こうよう》しているようだった。気持ちが変に昂ぶっている。ユリカと公園に行くことができたからかもしれない。公園に行き、彼女の髪を撫で、肩に手を回し、キスすることができたからかもしれない。そういうありふれたことを、自分はずっと、やってみたかったのかもしれない。バッグの中で、ユリカの頭や胸や腕が揺れ、興奮する気持ちを鎮めるように、スキップをする僕の身体にすぽんすぽん当たった。

9

ある日、僕は長谷川に借りていた本を、家に持って帰ってきてしまった。一向に読みすすめられないので、近々長谷川に謝って返そうと思い、机の中に入れていたのだが、教科書と一緒にリュックの中に詰めて持ってきてしまったのだ。

家に帰ってリュックの中のものを取り出している時にそのことに気づき、僕はしばらくぼんやりと机の上に置かれた長谷川のブックカバーを眺めていた。傷や汚れがないので、新品のように見えるが、案外長い間使っているのかもしれない。愛着という言葉が浮かび、僕は少し可笑しくなって笑った。長谷川も、自分の持ち物に、愛情や執着を持つのだろうか。少なくとも、僕がユリカに抱いているような愛着を、彼は自分の筆箱や鞄やペンや本や、このブックカバーに持ってはいないだろうと思った。彼のことはまだよく知らないが、僕はそんな気がした。

僕はそこで不意に思い立ち、テントの中を漁《あさ》った。自分の部屋からここに移動する時に、僕は、学校で使う辞書や大切にしている本、見られたくないと思っている漫画なんかを洋服や鞄などと一緒に持ち運んだ。洋服や毛布の下に隠すようにして置いておいた漫画を数冊取り出し、そのうちの一冊を手に取り、パラパラとめくってみた。どのページにも過激な性描写があり、男女の性器がくどいほど何度も、リアルに描かれている。女の胸がアップで描かれているページには、小さく折り目がついていた。僕はその折り目を親指の腹で直すと、漫画を閉じ、長谷川のブックカバーにあてがった。サイズはピッタリだった。

僕は、長谷川の本をカバーから外し、自分の漫画と差し替えた。ほんの軽い気持ちでやったことだったが、カバーの中に収まった自分の漫画を見ると少し、胸騒《むなさわ》ぎのようなものを感じた。しかし、漫画を閉じ、中のものが見えなくなると、僕の心は不思議と落ち着いた。

シンプルな無地のカバーの隅に小さく書かれた長谷川のイニシャルだけが立体的に浮かびあがってくるようだった。僕は、これを、長谷川のものだと思った。これは彼のもので、彼のものだから、僕はこれを彼に返さなければいけない。

僕は、表紙が剝き出しになった、もともとカバーに収められていた長谷川の本を、散乱している毛布や衣服、タオルケットなどを被せて、見えないように隠した。


一時間目と二時間目の中休みに、いつものように、今泉が篠田と鷲津を引き連れてやってきた。今泉が僕の机の上に座って話しかけてくる。篠田と鷲津の息が頰や髪の毛にかかったが、僕は動かなかった。

机の上には漫画が出してある。長谷川のイニシャルが入ったブックカバーがかけられたそれを、僕はじっと見ていた。

「おまえ、何読んでんの」

今泉が机の上の漫画に手を伸ばし、開いて中を見た。

篠田と鷲津も覗き込む。

「え、何これやっべ!!」

鷲津が声を上げ、篠田が笑いながら、今泉の手から漫画を引ったくった。

「おまえ、いっつも学校でこんなん読んでんの?」

「僕のじゃないよ……」

今泉に向かって、僕は小さく、しかしはっきりとそう言った。

「僕のじゃない」

「おまえのじゃなかったら誰のなんだよ」

今泉が、なじるように下敷きの角で僕の顎を下から擦った。

「……長谷川、の」

「あ?」

「長谷川の、本。さっき、廊下に落ちてたの、拾った」

僕はそう言って、篠田の持っている漫画のカバーの隅っこを指差した。
S. H. 長谷川俊也《しゅんや》。
今泉が目を凝らしてイニシャルを見る。篠田も漫画を閉じて、真剣な表情になる。が、
次の瞬間、今泉は大声で笑い出した。

「え、何これ、マジで長谷川の？　ヤバくね？　あいつこんなん読んでんの？」

篠田が再び漫画を開き、首を傾げる。

「すっげえ真面目くさった顔で授業受けてんのになー。イメージ崩れたわ。おまえ、あいつと仲いいの？」

急にそう聞かれ僕は慌てて首を振った。

「仲良く……ないよ。話したことも、ほとんどないし……」

「ふーん。早く返してやれよ。それとも、道子《みちこ》ちゃんに渡せば？　落とし物ですって言って」

鷲津がそう言い、今泉と篠田は顔を見合わせてニヤニヤした。藤村《ふじむら》道子は、国語の新任教師だ。若くて、胸がでかい。彼女の授業はつまらないし、特別きれいだと思ったことはないが、今泉や篠田はよく先生の話をしている。こいつらは、ああいう女が好きなんだろうか。あんな女が、いいんだろうか。

「いや、それもいいけどさー、ただ返すんじゃおもしろくねえだろ」

今泉が顔の前で手を広げると、篠田がボールのように、彼に向かって漫画を投げた。

漫画を手にした今泉は、勢いよく僕の机から降り、教壇の方に向かって歩いていった。

彼は漫画を開き、クラスのみんなに見えるように、それを黒板に立てかけた。その上にチョークを使って、「落とし物（長谷川）」とでかでかとした字で書く。さらに色付きのチョークで、長谷川の似顔絵を描くと、こっちを見て、満足そうに笑った。篠田と鷲津は僕の机の周りで涙を浮かべながら笑い転げていた。彼らが笑っているので、僕も笑った。僕、ではないことで、今泉や鷲津や篠田がこんなに楽しそうにしているのを見るのは、初めてのような気がした。僕は初めて、こいつらと同じ立場で自分も笑っているんだと思った。僕は、声を張り上げて笑った。笑えば笑うほど、自分が笑われていた立場から抜け出せるような、そんな気がした。

教室にいたクラスメイトが、教壇の前でふざけている今泉や、僕らの笑う様子を見て、黒板の前に集まってきた。

一人の男子が、黒板の文字を見て、漫画に目をやった。「えぇ、何これ、やっべえ」彼は初めて漫画を開いた時の今泉と同じような反応をし、彼の反応を見た他の男子数人が頭をぶつけ合うようにしながら漫画の周りを取り囲む。隙間から漫画を覗き込んだ女子が、漫画の内容を他の女子達に伝え、それを聞いた女子達は悲鳴とも喚声ともとれるような声を上げた。

盛り上がるクラスメイトの姿を見て調子にのった今泉は、落とし物という字の下に、漫画を指し示す矢印まで付け加え、他にも何か書こうとして、新しいチョークを手に取ったところでチャイムが鳴った。

チャイムの音とほぼ同時くらいに、体育の男性教師が保健の教科書や資料を片手に教室に入ってくる。長谷川や他の生徒数人も、慌てた様子で教室に駆け込んでくる。篠田や鷲津は自分達のクラスに戻り、僕や今泉や立っていた他の生徒も席に着いた。

「ん？　なんだこれ？」

見慣れない落とし物に気づいた教師が、腰を屈め、漫画を手に取った。教室がざわざわとし、僕は急に落ち着かない気分になった。

「誰の物だー？」

教師は中を見て、一瞬顔を引きつらせたが、すぐに漫画を閉じ、団扇《うちわ》ででも仰ぐように片手でパタパタと漫画を振った。

今泉が、手をあげて、「はーい、俺、知ってまーす。長谷川くんのでーす。よく見てくださいよ、書いてあるじゃないですかぁ」と得意げに言った。

彼の言葉に、クラスがさらにザワザワとし始める。教師がブックカバーに書かれたイニシャルに顔を近づける。驚いたように顔を上げ、長谷川の方を見た。

「本当に、長谷川の物なのか？」

長谷川は自分の席で小さくなっている。もともと猫背気味の背中がさらに丸くなっているように見える。

長谷川が黙っていると、

「こんなもん、学校に持ってきたらダメだろ。とりあえずこれは没収するぞ。後で職員室まできなさい」

教師はそう言って長谷川のブックカバーがかかった漫画を、教科書や資料が積み重なった一番下に、隠すように重ねた。

その日は保健の授業で、たまたま避妊や性病に関する図やビデオを、教師の解説付きで観ることになっていた。

コンドーム、ピル、生理、陰茎――。性に関する様々な用語が飛び交うと、その度にクラスのあちらこちらで笑いをこらえるような小さな声が漏れ、それは、じわじわと滲むように教室全体に広がっていった。

「おい、うるさいぞー。静かにしろ」

クラス全体が昂ぶっていくような雰囲気に耐えかねた教師が緩く注意をすると、教室は少し静かになった。

しかし、教師がコンドームの付け方を説明する映像を流すと、今泉が立ち上がって、「先生、こんなん観なくても、ここに詳しいやつがいますよー」と言い、クラス内にどっと笑いが起こった。教師はもう注意するのも面倒そうに、リモコンをとって音量を調節したり、テレビの位置を変えたりしていた。

僕は少し身体を傾けて、三つ前の席に座っている長谷川の姿を確認した。彼は、さっきよりもさらに背中を曲げ、今にも顔が机につきそうな格好で椅子に座っていた。

僕はやはり落ち着かない気分のまま、机の下に手を入れ、ズボンの上からそっと自分の性器を触った。僕はそれを何度も手で擦ったが、ズボンの中の柔らかいものはいつまでも形を変えようとはしなかった。

10

ベランダに、ブラジャーが二つ、間隔を空けて干してある。

僕はテントの中から顔だけ出して、日中の光を浴びているブラジャーをぼんやりと眺めていた。

今日は朝早くから母親はパートに出かけていき、姉も二時間ほどまえに支度をして家を出て行った。明日は友達と遊ぶ約束をしている、と昨晩母親に話していたのを耳にしたが、帰りは何時頃になるのだろうか。

僕はゆっくりと身体を起こし、テントから這い出た。

ベランダに干してあるブラジャーの、二つのうち一つは、ピンク色の下地に花柄のレースがあしらわれたブラジャーで、これはおそらく姉のものだ。もう一つは、茶色い無地の地味なブラジャーで、カップの型が崩れ、全体の色も少しくすんで見える。あれは母親のブラジャーだということを、僕は知っている。あの茶色いのとグレーの、やはりよれたようなブラジャーを母親は、かなり昔から着回していた。

下着の盗難が多発しているので注意するようにと、マンションの掲示板に張り紙が貼られたのは先週のことだ。ポストにも、同じ紙が入っていた。

今月に入ってすでに三件ほど被害届が出ているらしく、下着を盗まれたのはすべて僕の部屋と同じ一階の住人のようだった。僕は、しかし、貼り紙を見てもあまり驚かなかった。

おそらく犯人は同じ一階に住んでいる男で、僕も何度か顔を合わせたことがある。男の年齢は外見だけで判断すると二〇代後半くらいに見えるが、実際はもっと上なのかもしれない。冬でも半袖を着ていることが多く、穿いているジーンズや靴はいつ見ても汚かった。マンションの通路や近所ですれ違っても声を掛けてくるようなことはほとんどないが、時々妙に愛想良く笑いかけてくる時があって、少し気味の悪い男だった。その男が、一階で一人暮らしをしている女子大生の部屋の周りをうろうろしているのを何度か見かけたことがある。

男のことを気味悪がっている住人は結構いて、母親もそのうちの一人だった。

「若いのに無職みたい。結婚もしてないみたいだし。変わってる人よね」

母親がリビングで姉に向かってそう話しているのを聞いたことがある。

母と姉は、いつも遅くまで起きていて、その日あったことを飽きるまで話している。何が楽しいのだろう。彼女達の発言には未来がない。未来がないからつまらない。姉は酒を呑むと旦那の悪口を吐く。母親はパート先の同僚への妬《ねた》みを口にし、笑ったり怒ったりしている。僕は姉の声や母の笑い声や、彼女達が日常の中で立てる物音を耳にすると、つよい不安感をおぼえた。不安になり、冷や汗をかき、彼女達の存在を怖いと思う。

突然、チャイムが鳴り、驚いて飛び起きた。

何かの勧誘だろうか。それとも宅配業者？　迷った末に居留守をつかうことに決め、再び寝転がる。しかし、チャイムは鳴り続け、そこにドアを叩く音まで加わった。

仕方なく立ち上がり、玄関まで向かう。

「卓巳！　いるんでしょ？　開けなさいよ」

姉の声がし、僕はその場に立ちすくんだ。何人かの笑い声も聞こえる。

僕は裸足のまま玄関に降り、手を伸ばして鍵を開けた。

開けた瞬間、ドアが勢いよく開き、姉が家の中に入ってきた。

「アンタ、鍵開けとけって言ったでしょ!!」

家に入るなり、姉は僕を叱り飛ばし、姉の後ろにいた三人の男女が、その様子を見て笑った。三人とも僕が初めて見る顔だった。

僕は見られていることに緊張をおぼえ、視線がおぼつかなくなった。手のひらにかいた汗をズボンで拭う。

「あのさー、今からみんなでウチで遊ぼうってことになって、邪魔だからー、アンタ出てってくれる？」

僕は声を出そうとしたがうまく出せず、代わりに自分を指差し、首を傾げた。僕の動作に、姉の後ろにいる男がいちいち笑い声をあげる。

「ばーか。アンタしかいないでしょ？　さっさと出てってよ。ジャーマ」

「……僕は……僕は、邪魔じゃない」

僕は、自分の中から搾《しぼ》り出《だ》すようにか細い声を出した。

「ねー、マユミ、何か言ってるよぉ、弟ちゃん」

お面をつけているかのように見える、分厚い化粧を施《ほどこ》した女が姉に向かって言い、彼女達の後ろで笑っていた男が、姉とお面の間に割り込むようにして中に入ってきた。

珍しいものでも見るように、首を傾けて、僕の顔を下から覗き込んでくる。

「顔似てないねー？　マユミと。ほんとに姉弟《きょうだい》なの？」

「ちょっとやめなよー、アキラぁ。かわいそうじゃーん」

お面の女が粘っこい声を出し、男の腕を引っ張った。男はニヤニヤ笑いながら、なおも僕の顔を覗き込んでくる。僕は男と目が合わないよう、下を向いたまま、姉達を押しのけてリビングに進んだ。

テントの中に入り、ユリカの名前を呼ぶ。声には出さずに。ユリカ、と何度も呼ぶ。ボストンバッグの中にユリカを押し込み、制服の上からジャンパーを羽織ると、「行こう」そう言って、僕は逃げるようにして外に飛び出した。

後ろから彼女達の笑い声が聞こえ、僕はバッグ越しにユリカの身体を強く抱きしめた。


ユリカの入ったバッグを抱えて、僕は近所の公園に向かった。

公園には、男が一人いた。ベンチに座って何かしている。

どこかで見たことのあるような顔だと思ったら、同じ階に住んでいるあの男だった。

彼は、大きめのビニール袋を持っていて、その中に手を入れたり出したりしていた。

僕は少し男が気になったが、片手でバッグを抱え、滑り台の上に上がった。男の座っている位置から見えないよう、おそるおそるバッグの中に手を入れ、ユリカを抱き起こす。

家を出る時、慌てて押し込んだために、ユリカの顔は少し変形し、髪は乱れていた。僕はユリカの顔の形状を指でととのえ、手で髪を梳《す》いた。冷たい風が頬を撫でる。

「ユリカ、寒くない?」

僕は、自分の着ていたジャンパーを、ユリカの肩にかけてやった。

いつの間にか、自分の手よりも冷えてしまったユリカの手を両手で包むようにして握る。

「すぐに、あったかくなるよ。すぐに――」

言いかけて、その時ふと視線を感じ、僕はユリカの身体を隠すように自分の方に抱き寄せた。

ベンチの男が、こっちを見ているような感じがする。あの男の位置からだと、アスレチックが邪魔になって、僕らの方は見えないはずなのに。

男が、不意にビニール袋の中から、何かを取り出す。袋から出てきたのは、女物の下着だった。目を凝らして見ると、ブラジャーのストラップの部分が見えた。

男はそれを口元まで持っていったが、すぐに袋の中に戻し、立ち上がって、周囲を気にしながら公園の外に出て行った。

僕はホッとして、ユリカの身体を自分から離し、彼女の腋の下に自分の腕を差し入れて、軽い身体を持ち上げた。そのまま自分の膝の上にのせ、ユリカの両腕を自分の首の後ろへとまわす。

ユリカが僕を包んでくれているような気がした。守ってくれているような気がした。僕はユリカに何か言おうとし、口を開きかけたが、彼女はただ幸せそうな顔をしていて、僕にはそれがわかって、ユリカの、押すと簡単にへこんでしまう細い首に、自分の鼻を押しつけた。

11

長谷川への風当たりは日毎に強くなっていくようだった。

今泉達が僕をいじるのはやむことがなかったが、彼らが僕の机の周りに集まるよりも、長谷川の机の周りを取り囲む頻度の方が高くなっていった。

ある時、僕は自分の席に座って、長谷川が今泉達に絡まれているのをぼんやりと眺めていた。不意に今泉と目が合ってしまい、すぐに逸らしたが、遅かった。彼は僕の名前を呼び、早くこっちこいよ、と手招きした。僕は仕方なく、椅子から立ち上がり、長谷川の席まで歩いていった。

自分の席で、長谷川は小さくなっていた。こんなに小さいやつだったっけな。僕はぼんやりとそう思う。長谷川の髪はところどころ輪ゴムのようなもので捻って結ばれていた。

クリップがついていたり、女物のリボン付きの髪留めなんかがぶらさがっている部分もあって、おかしな髪型になっている。側にいた田島が持っていた輪ゴムを僕に握らせ、ほら、おまえも結んでやれよ、と言った。僕は輪ゴムを見て、それから長谷川を見た。長谷川は俯いている。僕が長谷川の髪に触れるのを躊躇していると、側にいた女子が長谷川の髪型を見て笑い出した。

「やばぁい、何、長谷川で遊んでんの」

彼女は笑いながら今泉の肩に手をのせた。胸の下辺りまである長い髪が束になって揺れている。長谷川の頭についているリボンの髪留めは、彼女のものだろう。

「遊んでんじゃねーよ。お洒落《しやれ》だよ、お洒落。ほらこいつダサいからさー、お洒落にしてやってんの、なー?」

今泉が、長谷川の顔を覗き込む。長谷川はさっきから動いていない。

「嫌がってんじゃーん」

リボンの女子がくすくす笑う。笑う度、彼女の髪が揺れる。僕は彼女の髪に触ってみたいような気がした。何本か髪をすくって、自分の鼻に近づけ、匂いをかいでみたいような気がした。僕は、ユリカ以外の女の髪の毛を触ったことがないからわからないけど、女の髪は、どれも同じような感触なんだろうか。それとも、それぞれ手触りは違うものなんだろうか。

「嫌じゃねーよ。なあ、嫌じゃないよな？　長谷川」

今泉が長谷川の髪の毛の束を引っ張って左右に揺らす。反応が返ってこないと、苛々したように机の脚を蹴った。

「なーあー、嫌、じゃないよな？　お洒落だもんな？」

今泉はしつこく聞く。長谷川の頭が、わずかに傾いたような気がした。

「おまえ見てないで早く結べよ」

輪ゴムを手にしたまま、ぼんやりと突っ立っていた僕の腕を、横から田島がつついた。

「あ、うん」

僕はそろそろと手を伸ばし、長谷川の髪の毛を少しだけ手に取った。黒く、湿《しめ》り気《け》がある。いや、でもこれは、自分の手汗のせいかもしれない。長谷川の髪の毛は、本当は乾いているのかもしれない。僕の手は、いつの間にかかなり汗ばんでいる。

「おいおい、そんなんじゃ結べねえだろ。これくらいとらないと」

田島が、僕の摑んでいた少量の髪の毛に大きめの束を付け加える。僕はそれを持って、田島に言われるがまま長谷川の髪を捻り不器用な手つきで輪ゴムで結んだ。結びながら、僕はぼんやりと、以前長谷川とファミレスで話したことを思い出していた。僕さ、年の離れた妹がいるんだよ。なついてきて、めちゃくちゃかわいいんだよね。兄としてさ、しっかりしようとは思ってるんだよね。ちゃんと妹の手本になれるようにしたいし。長谷川はそんな話をしていた。長谷川の得意げな顔を思い出す。二人で話していた時、彼の話が、全部自慢話のように聞こえたのは、どうしてだろう。彼の表情がいちいち鼻についたのはどうしてだろう。彼の話はつまらなかった。彼といてもつまらなかった。それなのに、どうして僕はコイツと、こんなやつと一緒にいたんだろう。長谷川は、かわいい妹の髪の毛を結んだことがあるんだろうか。妹の目に、長谷川はどんな風に映っているんだろう。

気がつくと、僕は長谷川の髪の毛を夢中になって結んでいた。今泉や田島は笑っている。彼らが笑っていることに気づいて、僕も笑った。

「やるねー」

田島が笑いながらそう言い、僕はそれを聞いて少しいい気分になった。

やるねー、やるねー。今泉も田島を真似て、もてはやすように、そう繰り返した。僕は自分が誉《ほ》められているような気分になった。なぜだかはわからないけれど、そんな気分だった。

「うわ!! コイツきもっ!!!」

調子に乗って、長谷川の残っている髪の毛を全部まとめて指で捻っていると、今泉が突然大きな声をあげた。長谷川の方を見ている。表情がひきつっていた。僕は髪の毛から手を離し、長谷川の前に回り込んだ。机の上に額がつきそうなほど、長谷川は頭を下げている。机上には、小さな水たまりが、いくつもできあがっていた。

「ダルいわー、こいつ」

せっかく楽しかったのに雰囲気壊れたなー。田島がブツブツ文句を言い、今泉の肩に手をのせた。今泉は急激に熱が冷めたように、ズボンのポケットに手を突っ込んで、俯く長谷川の頭を見下ろしていた。

「つまんねー。行こうぜ」

二人は長谷川の席から離れていった。リボンの女子は、いつの間にかいなくなっていた。

僕は屈んで、薄暗い空間にできあがっている小さな水たまりを見つめていた。長谷川の表情はわからない。どうしてだろう。どうしてコイツは、僕がコイツの髪の毛で遊び始めたら、泣き出したのだろう。その前に、泣くタイミングは、いくらでもあったはずなのに。

頭にリボンをつけられた時でも、今泉に無理やり頷かされた時でも泣き出すきっかけはいくらでもあったはずだ。それなのに、どうして僕が触りだしたら。わざとだ。絶対にわざとだ。僕はほとんど確信的にそう思い、怒りをおぼえた。強かった。怒りは大きくて強くて、自分の中に収めておくことができないように感じた。僕は身体を起こし、さっき今泉がしたように、長谷川の机の脚を蹴った。接着剤でくっつけられたように動かなかった長谷川の上体がゆっくりと持ち上がった。僕を見ている。長谷川の目。僕には彼が今何を考えているのか、わからない。傷ついているのか怒っているのかそれとも僕を責めている？　責めるのはおかしいだろう、僕は何も――。長谷川の目の中で、薄い涙の膜が、張り詰めたような緊張感を持って揺れている。いつもよりも横に大きく伸びているように見える彼の目は、目頭の部分が赤い。それは彼の歯茎のように気味が悪いほど赤く、肉感的に剝き出し、その面積を広げるように盛り上がっていた。僕は長谷川から目を逸らし、自分の席に戻った。ゆっくりと椅子に腰をおろす。長谷川は輪ゴムやクリップの絡んだ髪の毛をほぐすように外していた。彼の後ろ姿を見ながら僕は、ズボン越しに自分の性器に手をのせた。性器は温かく、それは僕を安心させた。僕は目を瞑《つむ》って、授業が始まるまでずっとそうしていた。

12

姉が家を出ていくことになった。それを聞いたのは、ユリカとのテント生活が始まって二ヶ月ほど経った時だった。

僕は約二ヶ月ぶりに、自分の部屋へと戻った。しかし、ユリカとの棲家《すみか》のようになっていたテントをたたむことができず、リビングにそのまま残しておいた。もしも母親に何か言われたら、その時に片付ければいいと思った。

僕がユリカに触れる頻度は、姉が家を出ていったことを機にさらに増えた。キスをする回数も増えた。僕はキスをする時、彼女の薄く開いた唇に自分の舌を入れるようになった。入れるといっても奥まで押しこんだり、彼女の舌に絡めるのではなく、ユリカの口の入り口より少し奥に自分の舌の先っぽを置き、そのまま何分間かジッとしていることが多くなった。

そういう時、僕は何も考えなかった。ごくたまに、その状態で今泉の顔を思い出し、自分が、やつをどれほど憎んでいるかについて考えようと思うこともあったが、うまくできなかった。彼への憎しみは学校にいる時ほど膨れ上がることはなく、彼から受ける嫌がらせも自分にとってとるにたらない、どうでもいいようなことに思えた。ユリカといると、そんな風に、色々なことがどうでもよくなっていく感覚になった。だらけていくというよりも、自分の怒りや悩みや、それを外に出そうとするエネルギーのようなものが抜けていく感覚だった。

時々、ユリカに膝枕をしてもらうこともあった。そういう時は大抵僕がひどく疲れている時で、僕はユリカにお願いして、彼女の、白くむっちりとした太股を差し出してもらい、その上に自分の頭を預けた。

僕はいつも正座したユリカの両腿の間に頭をしずめた。柔らかく弾性に富んだ両腿の間の細長い溝から緊張からか興奮からか安堵からか、のぼせるように火照《ほて》った身体の熱が通り抜けていくようだった。ユリカの膝の上に頭をのせたまま、手を伸ばして彼女の頬を包み込む。彼女の、自分の何もかもを肯定してくれるような優しい眼差しに、僕は穏やかな気持ちになった。「今日も僕は……」と言いかけて僕は爪を噛んだ。爪を噛むのは、小さい頃からの癖だった。母親に見つかると怒られるし、人前だと恥ずかしいので、一人の時にしかやらない癖。「今日も僕はうまくできなかったよ」僕は爪を噛みながらそう言ったが、すぐに爪を外し、代わりにユリカの指をくわえた。僕はそれを口の奥まで入れ、舌の上でころがした。僕は泣いているみたいだった。口の中に流れ込んできた涙のために、ユリカの指をしょっぱく感じた。泣くのをやめようと思ったが、やめることはできなかった。

ユリカの指を口の中から出すと、僕はそれをそのまま自分の性器へとあてがった。ズボンのファスナーを開け、ユリカの細い指に自分のものを握らせる。痛くない痛くない痛くない。小さな子供に言い聞かせるように、僕はユリカに向かってぼんやりと呟く。気持ちいいんだよユリカ、今僕はすごく――。涙で曇った視界に、ユリカの指先が勃起したペニスに蔦《つた》のように絡みついているのが見えた。

射精の後、僕は汚れてしまったユリカの手を、タオルで拭ってやった。さっきまで僕のものを摑んでいたその指は、自分から離れると急に他人行儀なよそよそしい雰囲気を持った。僕は彼女の指が美しすぎるせいだと思った。美しいものを自分に慣れさせるにはまだまだ時間がかかると思った。僕はその指や、彼女の腕をしばらくの間眺めていたが、ふいに思い立って、彼女の腕の付け根を胴体から外してみた。そしてその腕を、自分の制服のブレザーの袖の丈に合わせた。試しに彼女の腕を自分がいつも左腕を差し込んでいるところに入れてみる。袖の先が少し余るくらいで、あとはちょうど良かった。僕はユリカの腕が外れないよう、自分のブレザーの肩の部分とユリカの肩を糸で縫いつけ、片腕のなくなったユリカをタオルで覆った。

翌朝、僕はユリカと一緒に登校した。正確には、ユリカの腕と。ブレザーには、片方の袖にはユリカの腕が入っているので、自分は片腕しか通すことができなかった。しかし、片腕だけ通して歩いていると不自然に見られてしまうと思ったので、僕はブレザーに腕を通さず、肩にかけ、羽織《はお》るような形で着こなすことにした。そして、何か作業をする時には、ブレザーをたたんで膝の上にのせた。僕の腿には、制服越しにいつもユリカが触れていた。授業中は、机の下で、ブレザーの袖口から中に手を入れ、ユリカの手に、自分の指を絡ませた。家に帰ると、ユリカにキスをし、学校に連れていっていないもう片方の腕と手をつなぎ、時々自分の性器を握らせた。

ある時、僕は理科の実験室にブレザーを忘れてしまった。

実験の邪魔になるからと思い、実験台の下にたたんで置いておいたまま、置き去りにして教室に戻ってきてしまったのだ。

それに気がつくと、僕は慌てて理科室に戻ったが、いくら探しても自分が置いた場所にブレザーはなかった。僕は焦り、理科室をくまなく探した。もしもあれがクラスメイトの目に入ってしまったら。今泉に見つかったら。もう終わりだ。ユリカの片腕は永遠に僕のもとには戻ってこないかもしれない。僕がユリカの腕を学校に持ってきたことを激しく後悔しはじめた時、不意に後ろから名前を呼ばれた。驚いて振り向くと、理科室の入り口に長谷川が立っていた。ブレザーを腕に掛けている。

「おまえが探してんの、これだろ」

長谷川は僕に向かってそう言い、ほら、とりにこいよ、とブレザーを持っている腕を揺らした。彼の目は、少し笑っているように見える。

僕は長谷川のもとまで歩いていった。

手を差し出すと、長谷川はすぐにブレザーを引っ込めた。

「返せよ」

長谷川はおもしろいものでも見るように、僕を見ている。

「なんか、変だと思ったんだよなあ動きが」

彼は僕から少し離れ、薄ら笑いを浮かべながらそう言った。

「吉沢って、こういう趣味だったんだな」

長谷川がそう言った瞬間、僕は勢いよく長谷川に飛びつき、彼の腕からブレザーを奪い取ろうとした。長谷川は、抵抗したが、僕が近くにあったピンセットで彼を脅すと、大人しくブレザーを離した。

「強引だな」

「こういうのは、よくないだろ」

「は？　何が？　よくないって何が？　僕はただ君の落とし物を拾ってやっただけなのに」

「長谷川……」

「別にいいと思うんだよ、テレビで観たことあるし、そういうの。ラブドールっていうんだっけ？　等身大の人形だろ、性処理目的の」

「違う!!」

僕は強い口調で言い返した。

違う。ユリカと僕は違う。ユリカと僕のことはおまえにはわからない。

「僕達は、そういう関係じゃない」

「は？　じゃあ、どういう関係なわけ？　まさかヤってないとか」

「そうだよ。普通に、一緒にご飯を食べたり、手をつないだり、そういうのを、そういうことを、してるだけなんだよ、僕達は」

「なんだよそれ、おままごとかよ。何そういうのが、楽しいの？　時間の無駄だろ。何のためにそんなことしてんの？　暇なの？　他にやることないの？　まあ、ないよな。人のブックカバーに自分のエロ本入れるくらいだからな。怒ってないとでも思った？　おまえって卑怯《ひきょう》だな。まあ前から思ってたけどさあ、やること汚いよね。だからいじめられるんだろうけど」

「ごめん……」

小さく謝ると、長谷川はわざとらしく舌打ちした。

「謝れば済むと思ってんの？　ほら、そういうとこだよ、そういうところがムカつくんだよ。見てて苛々するんだよ。ほんとは悪いとか思ってないんだろ？　悪いと思ってないのに、とりあえず謝ってんだろ？」

僕は俯いたまま、ユリカの腕を、ブレザー越しに感じていた。長谷川の言葉が思うように自分の中に入ってこない。

「今泉に言ってもいいよな、この事。そうだよなあ、言ってもいいはずだよなあ。クラスにバレたら、吉沢、今まで以上に嫌われるだろうなあ。こういうの、女はたぶん、嫌がるよ。人形とかさ。なあ、おまえの持ってるのって、やっぱ、ちゃんと穴空いてんの？　聞いてる？　穴だよ穴。入れる時の穴。人形でもちゃんと入るの、あれ？　ああ、まだしたことなかったんだっけ。おまえっておもしろいよなあ、そういうとこ。バカっぽい」

長谷川は流暢《りゅうちょう》に話し、僕はユリカの穴を思い出していた。組み立ての時に取り付けたユリカの穴。小さくて、でも伸縮自在な器用な穴。あそこに入れるのは僕だ。僕は、硬くなった自分の性器を彼女の中心を貫くようにまっすぐ挿入するところを想像し、興奮した。目の前に長谷川がいるのに。長谷川は僕を見ている。

「今泉には、言わないでほしい」

僕はユリカの腕を抱きながら、静かにそう言った。

あいつにだけは、言わないで。もう、しない。この前みたいなことは、絶対に、しないから。

「じゃあさー」

長谷川はなぜか笑っている。さっきまでひどく怖い顔をしていたというのに。

「じゃあさ、それ貸してよ。おまえの人形」

僕は首を傾げた。

「一日、いや、半日だけでいいからさ、レンタルさせて。僕も興味あるんだよね、ダッチワイフって」

「無理だよ」

僕は即答した。

「ユリカは無理だよ」

「へえ、ユリカっていうの？　もう名前までつけてるんだ、すごいなおまえ。じゃあ、見せるだけ見せてよ。いいだろ？　見るくらい。吉沢の家、行くからさあ、見せてよ、その……」

長谷川が、僕の方に向かって人差し指をくるくる回した。

僕はユリカの腕をきつく抱きしめる。

「見せるだけなら……」

長谷川はやはり笑っている。作りこんだような笑顔。唇がめくれて赤い歯茎が見えている。

「やったー！　握手握手」

そう言ってブレザーの中にあるユリカの手に向かって自分の手を差し出してくる。僕は袖をめくり上げ、ユリカのきれいな手を外に出した。長谷川の骨ばった指が、ユリカの小さな手を締め付けるようにきつく掴んだ。僕はすぐに、長谷川の手からユリカの手を抜き取ろうとしたが、強い力で握られたそれを、簡単に解くことはできなかった。

13

翌週の日曜日、長谷川は本当に僕の家にやってきた。僕は理科室で、長谷川に人形を見せることを約束し、その後、長谷川が家にくる具体的な日時も決めた。長谷川は、今日にでも行きたい、今日がダメなら明日にでもとユリカと対面する日を急《せ》かしてきたが、僕は、彼とユリカを会わせるまでに、色々と準備をしたいと思ったので、次の週の日曜日にしてほしいと言い、譲らなかった。日曜日に指定したのは、その日、母親が一日中パートで家を空けることを事前に把握《はあく》していたからだった。

僕は、長谷川が家にくる日までの間、ユリカの片腕をつけ直し、彼女の髪の毛を梳かした。顔を、水で湿らせたタオルで拭ってきれいにし、デパートにユリカの新しい服を買いに行った。赤地に白いフリルのついたワンピース。それをユリカに着せた。洋服は自分が思っていたより高いものだったが、仕方なかった。何しろ、ユリカが、僕のユリカになってから初めて僕以外の人間に会うのだから。長谷川とユリカを会わせるのは嫌な気もしたが、僕は少しわくわくしていた。

当日の朝、僕は何度も梳かしてきたユリカの長い髪をもう一度念入りに梳かし、ベッドの上に行儀良く座らせた。傷も皺もほくろも吹き出物もない、健《すこ》やかなユリカの顔を、おでこの起伏や鼻の両脇の窪みや鼻の下の小さな溝や唇の輪郭に沿って、僕は指でなぞった。

赤いワンピースが、ユリカの白い肌を際だたせていた。顔の輪郭を隠すように肩下までまっすぐに伸びた髪の毛は艶があり、光っていた。ユリカはきれいだった。彼女は僕が今まで見てきたどの女よりも高潔で美しかった。長谷川にユリカを見せるのを、急に恥ずかしく感じた。あまりにも好きな存在を誰かに見せるのは、悲しくなるくらい恥ずかしい。

長谷川は玄関にあがるなり、すぐに、「どこにあるの、人形」と聞いてきた。僕が黙っていると、入るよ、と言い、自分の家みたいに、さっさとリビングに向かって歩いていった。僕はあわてて長谷川の後を追った。長谷川はリビングをきょろきょろと見回し「結構狭いんだな」と言った。僕は自分の部屋に長谷川を通そうかと思ったが、彼がテントの前に歩いていったので、言い出せなくなった。

「何これ。おまえんち、家でキャンプでもやってんの?」

僕は長谷川の質問には答えず、胸の前で手をあげた。

「ちょっと、そこで待ってて」

そう言って、自室に入り、ユリカをお姫様抱っこして、外に出た。

リビングの椅子に座らせ、ユリカの肩に手を置く。

「へえ、これがおまえの……」

長谷川はニヤニヤと笑いながら、近寄って、しげしげとユリカを観察し始めた。

「ちょっとどいて」

ユリカの肩に手を置いて立っていた僕に離れるよう指図してくる。

「そんなとこいたら、邪魔だろ。ちゃんとよく見せてくれよ」

僕はユリカから少し離れた。長谷川はユリカの周りを一周し、「結構、よくできてるんだな」と言った。感心しているようにもバカにしているようにも聞こえた。

「どうかな？」

しばらくしてから僕は聞いた。

「だから、よくできてるって」

「そういうんじゃなくて……僕の彼女だから、これ……ユリカ見て、どう思う？」

長谷川は僕の顔を見て噴き出した。

「何が可笑しいんだよ」

「いや……ごめん。うん、そうだな。でも、僕の彼女って……。おまえってほんとおもしろいな。いいと思うよ。ちょっと表情が変だけど、まあ、かわいいんじゃない？　足は……もろそうだな。何これ糸で結んであるの？　わりとちゃっちいんだな。後は……ああ、胸は？　どんな感じ？　触っていいだろ？」

僕が頷く前に、長谷川は僕の前でユリカの胸を触った。摑むように、少し乱暴にユリカの胸を揉む。

「そんな風にやるなよ。そんな風にやったら、痛いだろ」

長谷川は冷めたような目で僕を見てから、

「じゃあ、吉沢やってみて。手本見せてよ」

「嫌だよ」

「やれよ、おまえの彼女なんだろ？　いつもどんな風に触ってんの？　見せろよ」

僕はおずおずと手を前に出し、後ろからユリカの胸に手をまわした。毎日のように触れているというのに、いざ長谷川の前で触ろうとすると、どんな風に、どこから触れていいかわからなかった。僕は目隠しでもされているみたいにユリカの胸を、いつもの感触を探し求めた。躊躇《ためら》いながらもスイッチを押すみたいに人差し指を小さな突起に押し当てる。手のひらから少しはみ出る程度の乳房を、ゆっくりと粘土でもこねるみたいにまわす。

カシャッという機械音が聞こえ、顔を上げると、長谷川が満足そうな顔をして笑っていた。

「どうした？　続けろよ」

長谷川の手には携帯電話が握られていた。どうして気がつかなかったんだろう。

「やめろ!!」

僕はそう言って、長谷川に飛びついた。

「やめろ！　消せ!!」

長谷川は携帯を持った腕を高くあげ、とりあげようとする僕をからかうように腕を揺らした。

「別にいいだろ？　おまえの彼女なんだから。なあ、これ、今泉に見せようと思うんだけど、どう思う？　せっかくだから、教室の黒板に飾っておこうかなあ。ねえ、どう思う？　これ絶対いいネタになると思うんだけどなあ。ねえねえねえ、何で僕が吉沢に本貸したと思う？　何でおまえに話しかけたりさあ、遊んだりしたかわかる？　おまえがバカだからだよ。バカだから利用できそうだなって思ったんだよ。いや僕はさ、こう見えてわりと社交的なんだよ。小学校の時は友達だっていっぱいいたしさ。中学に入ってから友達を作らないようにしたのは、めんどくさかったからだよ。勉強だってしなくちゃいけないし、友達作ってくだらない話とかするの、時間の無駄だろ、つまんないしさ。でも一人くらい作っておけば、いざっていう時役に立つっていうかさ、学校休んだ時もノート貸してもらえたりするしさ、何かと便利だろ。まあいいや、もう。とりあえず、いい写真とれたし」

長谷川は一気にしゃべると、ふう、と息を吐いた。

彼の口の中には小さな白い泡が溜まっている。

僕は嫌なものを見たような気がして目を背け、長谷川に向かって頭を下げた。

「消して……頼むから消してくれ」

もう、何でもよかった。僕はただ、長谷川に許してほしいと思った。

「おまえのせいでめちゃくちゃなんだよ。クラスで僕は変態扱いだよ、全部、全部おまえのせいなんだよ吉沢。買ったばっかの参考書に落書きされて勉強はできないし、廊下歩いてるだけで、女子に変な目で見られる。おまえのせいなんだよ吉沢。それなのにおまえは、僕のことを無視するよな、嫌がらせに加担してきたことだってある。なあ、吉沢おまえ自覚ある？　人のこと苦しめてるっていう自覚ある？　鈍《にぶ》いなあ。おまえ、ほんと鈍いよ」

長谷川は下を向いて息を吐き、そして大きく息を吸った。

「ごめん。……ごめんなさい。消してください」

僕は拝《おが》むように長谷川に向かって両手をすりあわせた。すべてはユリカのためだった。

僕は、いい。僕のことはいい。でもユリカは……ユリカをクラスのさらし者にはできない。

「条件がある」

長谷川は静かにそう言った。

「何？」

「それ貸して。おまえの人形。半日だけでいい」

「だからユリカは……」

「貸してくれないんだったら、おまえのこの姿、明日学校で公開する」

半日が無理なら二時間でもいい、と吉沢は食い下がった。

「たったの二時間だぞ。今から二時間。一六時には返しにくる」

「二時間……」

頭の中が、混乱していた。ユリカを人の手に……自分の見えないところに連れて行かれる。考えたこともなかった。

「二時間、何をするんだよ」

「ただ、座って見ているだけだよ。前も言ったけどさあ、興味があるんだ、こういう人形。どうやって作られてるのかとか、観察したいんだよね。いいだろう？　絶対に触ったりしないから」

「約束だぞ。絶対に絶対に――」

長谷川は僕の言葉を遮るように顔の前で短く手を振った。

「約束するよ。二時間後、このまんまお返しするよ。なんて言ったっておまえの大事な彼女だもんな」

長谷川が唇を持ち上げて笑う。生焼けの肉のような歯茎が露出する。

14

二時間は、途方もなく長く感じられた。

部屋の中を意味もなくうろつき、家の中にいることに耐えられなくなると、外に出た。家の近くの自動販売機の前で立ち止まり、たまたまズボンのポケットに入っていた小銭でサイダーを買って、それを飲みながら公園へと向かう。

公園の水飲み場で、男が水を飲んでいた。砂場には、子供が忘れたのだろう、スコップやバケツなどの玩具が置き去りにしてあった。砂場の縁には泥団子が飾られている。砂場から少し離れたところに、滑り台がある。あの上でユリカとキスをしたことが、昨日のことのように感じられた。早くユリカを返してほしい。ユリカが無事に僕のもとに戻ってきたら、今夜、彼女とセックスをしようと思った。そろそろいいだろう。ユリカとの仲はもう十分深まったはずだろうから。

水飲み場の男は、まだ水を飲んでいる。見ていると、急に男が振り返って僕の方を見た。どこかで見たことのある顔だなと思ったら、同じ階に住んでいる、あの気味の悪い男だった。髭《ひげ》が伸びていたのでわからなかった。

蛇口《じゃぐち》から水が上に向かって噴き出している。出しすぎじゃないかと僕は思った。男は僕の顔を見ながら、蛇口をさらに緩めた。どっと、水圧が増す。放出された水がタイルの上で跳ね返り、砂の上に落ちた。さらさらした砂が黒く緩い泥へと変異する。男はなぜか、嬉しそうだった。僕には男がなぜそんなに楽しそうにしているのかわからなかった。

男は僕を見たまま、噴き上げる水を遮るように、自分の唇を覆い被せて飲み口を塞いだ。男の頬が大きく膨張し、コポコポと、多量の水が詰まっていく音がした。僕はそれを見ているだけで、自分の喉が締め付けられていくような、口の中が圧迫されていく感覚に襲われ、胸が苦しくなった。男は水を飲み続けている。あふれ出る水をあますところなく吸収していく。

僕は気分が悪くなったが、しかし、同時に、その先を見てみたいような、それ以上のものを見てみたいような、そんな気がした。僕はゆっくりと男に近づき、蛇口をさらに緩めた。数秒間、男はジッとしていたが、すぐに、喉を押さえ、飲み口から唇を離した。「ぐあっ、が、がっ」と変な声を出しながら、男はふらふらと水道から離れた。水が高く噴き上げ、男の髪や服を濡らす。僕は自分も濡れていることに気づく。

「がっ、あがっ、てめえ、ふざけんなっ！！！」

男が不意に伸び上がって飛びかかってこようとした。僕は慌てて男の横をすり抜ける。恐怖をおぼえ、公園から飛び出した。走ってマンションまで向かう。途中で振り返ると、男が追いかけてくるのが見えた。僕は怖くて、無我夢中で走った。マンションに着くと急いで鍵を開け、家の中に入ると、鍵を閉めて鎖までかけた。すぐにチャイムが鳴り、僕は恐怖のために玄関から一歩も動くことができなかった。しばらくしてからまたチャイムが鳴り、のぞき穴から確認しようとすると、「長谷川だけど」と不機嫌な低い声が聞こえた。

慌てて鎖を外し、鍵を開ける。

長谷川は大きなボストンバッグを持って、僕の前に立っていた。

僕が、ユリカはどこだ、と聞くと、「どこって、この中だよ。何言ってんだよ、吉沢。おまえがこれに入れろってバッグを貸してくれたんじゃないか」

長谷川が、あきれたように笑う。

僕は長谷川にバッグを貸した覚えはなかった。彼が僕のバッグを持っているのは不自然に見えた。これは僕のバッグだ。中にいるユリカも、僕のものだ。全部全部僕のものだ。どうして僕のものを、コイツが持っている？

「おまえ、どうしたの？　青い顔してるぞ。それになんか、濡れてるし」

長谷川がどさっと投げ捨てるように、玄関にバッグを置いた。

僕は、もっと丁寧に扱え壊れたらどうするんだと言った。怒ったように言ったつもりだったが、長谷川はなぜだか笑っていた。

15

「え……え、何言ってるの？」

ユリカを返しにきた長谷川に、部屋に上がるように言ったが、長谷川はさっき上がったからいい、と断った。彼の口からは、さっきから不自然な言葉がぽろぽろこぼれている。穴とか、人形とか、良かったとか、良くなかったとか、狭いとか、気持ちよかったとか、ヤったとか、ヤらないとか。

不自然な単語を一個一個拾ってつなげて理解しようとすると、頭が痛くなった。わけがわからない。

「穴って、何？　何のこと？　何の話してるんだよ長谷川」

「え、あ、だから穴だよ、人形の穴。入れづらいっていう話。これ不良品だよ。狭いから指で広げようとしたら、ブチッてちょっと破れたような音してさ。でも確認したら、どこも破れてなさそうだったから、たぶん大丈夫。まだ使えるよ。おまえ、まだヤってないんだろ？　僕が広げておいたから、僕の時よりはやりやすいと思うよ。まあでも、これはよくないよ。買うんだったら、もっといいのを買わないと。これ、買ったんだろ？　いくらくらいしたの？　こんなんでも、やっぱ結構するの？　でも質のいいの買わないと結局無駄な気がするけどなあ」

僕は唾《つば》をのんだ。大きく深呼吸をする。深呼吸を、繰り返す。意識しなければうまく息ができない気がした。

「ヤったって、どういうこと？　なあ、意味わかんないんだけど、長谷川の言ってること、意味不明。何何何の話してるの」

「おまえさあ、僕が本当に何もしないで返すとでも思ったの？　そんな馬鹿なことないだろ。これはさあ、ヤるために作られた人形なんだから、当然ヤるだろ。当たり前だろ。僕はさあ、吉沢みたいに変態趣味でもないしさー、わかんないわ、おまえみたいなやつの心理。学校まで腕持ってきたりさあ。おまえヤバいよ、絶対。相当気持ち悪いよ。え、何、人形とかじゃないとできないの？　勃《た》たないとか？　でもヤバいよなあ。おまえ、大人になっても続けるの？　こういうこと。おまえみたいなやつらがいるから社会がダメになってくんだよ。仕事もしないで親のスネかじって家に引きこもって人形とセックスしながら生きてくの？　いやべつにおまえの人生だから僕には関係ないけどさあ、でもなあ」

「人形とか人形じゃないとか、だから！！！！」

僕が大声を出すと、長谷川は少し驚いたように目を見開いた。

出てけ。僕は長谷川に向かって言った。

「は？」

出てけって言ってんだよ。消えろ。

「なんだよわざわざ返しにきてやったのに」

長谷川は短く舌打ちし、ドアノブをまわした。冷たくもなく、暖かくもない風が中に入ってくる。僕は息を吸った。

ドアが閉まり、長谷川が出て行ってからも、僕はバッグのチャックを開けることができなかった。

16

赤、青、緑、ピンク、オレンジ。

美術室の机の上に、柄の部分が鮮《あざ》やかな、五色の彫刻刀が並んでいる。

僕はその中からオレンジ色の彫刻刀を選び取って、版画の続きに取りかかった。

版画は先週からやっている。先週は、下絵を描いた。本当はユリカの顔を描きたかったけれど、完成したらクラス全員の版画を廊下に飾ると教師が言ったので描くのはやめ、代わりに机の上の鉛筆を描いた。僕の描いた鉛筆の下絵を見て、美術教師は「もっとおもしろいものを描こうよ。もっとさあ、他に色々あるでしょう？」と責めるように言った。僕はどういうものがおもしろいものなのか聞こうとしたが、教師が別の席の女子と話し始めたので、聞くのはやめた。

　僕は彫刻刀を握りしめ、一心に版木を彫っていった。途中で自分の持っている彫刻刀に目をやった。この彫刻刀は、版画の授業が始まった頃、家の近くの文房具屋で買った。買うためのお金は母親にもらった。学校で使うものだから、というと、母親はお金をくれる。先日、ユリカの服を買うために僕は母親に嘘をついてお金をもらった。家庭科の授業で裁縫道具一式を買わなくちゃいけないことになってさ。そう言うと、少しも疑わずに、財布のチャックを開けて、お札を数枚抜き取って渡してくれた。僕は少し悪いような気持ちになったが、それは一時的なものだった。母親のお金が自分の財布に入ると、このお金は自分のものだと思った。僕の財布に入ったら、もうこれは僕のものなのだと。違和感は少しもなかった。

　僕は文房具屋で、色付きの彫刻刀を選んだ。シンプルな木でできたものもあったが、色付きの方に惹《ひ》かれた。戦隊ヒーローみたいでかっこいいと思った。こんなに軽くて持ち運びやすくてかっこいいのに、刃先は結構鋭くて、持ち方を誤ると、指を切ってしまうこともある。実際、クラスの中でも数名、指を切ったやつがいた。僕はまだ切っていない。切ったやつは痛い痛いと騒いでいた。かなり深くやってしまったらしい。

オレンジの彫刻刀に飽きると、途中で青の彫刻刀に持ち替えて彫った。いろんな色があっていい。たとえば、この青で今泉を、さっきのオレンジで長谷川を、赤で篠田を、ピンクで鷲津を、緑で田島を、彼らをどうにかすることができるかもしれないと僕は考える。実際にどうにかしようというわけではないけれど、これを持っていることで心に余裕が生まれるような、そんな気がした。僕は試しに、青とオレンジの彫刻刀の刃の部分にキャップをつけて、ブレザーの胸元のポケットに入れた。ポケットはわずかに膨らんだが、外から見ただけでは中に物が入っているようには見えなかった。

後藤由利香が席を立ったので、僕も席を立った。教室を出て行く彼女の後をついていく。後藤由利香は、隣のクラスの前に立っていた女子に呼び止められ、立ち話を始めた。彼女は笑っている。

僕は廊下の掲示物に目をやるフリをして、さりげなく彼女の姿を観察した。後藤由利香の髪は、また少し伸びてきた。きれいな髪。触りたいけれど触ることができない。彼女にもっと近づきたいけれど、近づくことができない。僕は最近よく、彼女のことを観察している。ユリカがダメになったから、だから、後藤由利香のことをよく見るようになった、というわけではない気がする。そんなに単純なものではない。けれど、ユリカにはもう可能性がないように思う。希望がないように思う。確実にあると思って疑わなかった未来はもうない。長谷川にユリカを貸すまではあった大きくてきらきらしたものが。しかし、後藤由利香には可能性があると思った。彼女はまだ誰にも汚されていない。それは僕の仮定に過ぎないのかもしれないけれど、そうであっても、僕の中では彼女は依然として清らかで美しい存在だった。

後藤由利香が、話していた女子に手を振って歩き始めた。僕は、彼女の後を、ゆっくりと、でも決して見失わないようについていく。彼女は振り向かない。彼女が振り向きそうになると、すぐに壁際に隠れるが、でも僕は彼女に振り向いてほしいような気がする。振り向いて、僕の方を見てほしいような気がする。彼女に近づきたい。僕は焦っているのかもしれない。でも焦らなければまた——。また同じようなことになってしまうかもしれない。僕が呑気《のんき》に構えていたから、僕がいちいち順序や過程を意識していたから。僕が良くなかった。しかし、ユリカも良くなかった。彼女は僕よりももっと悪い。彼女は何か制裁を受けるべきだと思う。汚い。あの女は汚い。もう捨ててしまおうかと思ってる。公園で拾った、あの人形のように。傷つけて、素っ裸にして、髪を何本か引っこ抜いて、その辺に捨ててしまえばいい。そこまで考えて、僕は本当は、そういうことを自分がずっとしたかったのではないかと、ふと、そんな風に思った。あの人形のように凄惨《せいさん》な姿になったユリカをこの目で見たいような、そういう状態を望んでいるような気がした。しかし、それも、こういうことになってしまったからそう思うだけなのかもしれない。わからない。自分のことが、よくわからない。

ユリカの腕が、部屋の隅の方、カーテンレールの下に転がっている。片方の足がベッドの下から覗いていて、髪の毛は机の下で生き物のように丸まっている。不自然な破れ方をした赤いワンピースが、机の上に、広げられている。濃い赤色は血糊《ちのり》みたいだ。僕はなぜこんな色のものをデパートで購入したのだろう。もっと、色々な色が、あったはずなのに。それに、なぜワンピースを。ジーンズやキュロットや、もっと脱がせづらいような服だってあったはずなのに。僕は何がしたかったのだろう。母親は、この部屋に入っただろうか。もし入ったとしたら、この部屋の様子を見て、僕に何も言わないのはおかしいような気がした。不思議なことに、ユリカをつくっていた様々な部品は、部屋のあちこちに散乱しているが、僕の机や椅子やベッドや本棚は、少しも乱れていない。それぞれの位置もズレていない。僕は部屋の状態を少しも変えずに、何も動かさずに、何も壊さずに、あんなことができたんだろうか。僕は暴れたはずなのに。それとも僕は落ち着いていたのだろうか。落ち着いた状態で、冷静に、ユリカを解体した？　思い出せない。いや、自分のしたことは思い出せるのだけれど、その時の自分の感情を、うまく思い出すことができない。僕はカーペットの上に座り込み、ベッドの下から飛び出た白い足を見つめた。きれいな足。傷や汚れがひとつもない。どうしてこんなに美しいんだろう。どうしてこんなに美しいままなんだろう。僕は苛々する。ユリカを許すことはできない。

あの日、長谷川が玄関に置いていったバッグのチャックを僕はいつまでも開けられずにいた。中にはユリカがいる。変わってしまったユリカ。もう僕のものではないユリカ。これかった。自分の目で変わり果てたユリカを見るのはどうしようもないほど恐ろしいことだった。しかし、僕は見る必要があると思った。自分の目に、今のユリカの姿を焼き付ける必要があると思った。今泉や田島、鷲津や篠田を、憎むみたいに。彼らを意識的に憎もうとするみたいに。嫌なことだからといって、忘れようとしたり、違うことに意識を向けるのではなく、はっきりと、しっかりと、頭の中で再生して強く、強く――。不思議なことに、長谷川に対する怒りや憎しみよりも、ユリカに対する怒りや憎しみの方が大きかった。僕は、憎むべき対象を間違っているのかもしれない。体育館でズボンを下ろされた時、自分の怒りが、今泉達ではなく、遠くから見ていた女子に向けられたように。僕は、あの女子達が憎かった。ユリカが憎かった。それは自然に湧いてきた感情だった。僕は、ユリカが憎い。僕は彼女に裏切られ、失望させられ、未来を壊された。

夜になると、僕はようやくバッグのチャックを開いた。少し縮まってしまったようにも見えるユリカの身体を取り出し、ベッドの上に横たわらせる。ワンピースは思ったより乱れていなかった。僕は彼女の両足を摑んで持ち上げ、股の間に顔を近づけて中を覗き込んだ。指を差し込んでみたが、特に変化はない。穴の周辺が少し黒ずんでいて、触ると湿っていた。股を閉じ、シーツの上に二本の足を置く。もう終わりだと思った。もう元には戻らない。僕はユリカの着ているワンピースを、鋏で乱暴に裂いた。デパートで見た時はかわいいと思ったワンピースはもう、ただの布切れのようにしか見えなかった。艶のあるピンク色の乳首も、バランスのとれた乳房も、腰のくびれも、小さくしまった尻も、何もかもが、初めて見るもののように感じる。長谷川の手つきが、見たこともないのに、リアルに頭の中に思い浮かんだ。自分の中で構築されつつあった、〝ユリカ〟という一人の女の像が、バラバラと音を立てて崩れていくように思えた。

僕はユリカの腕や髪や胴体を、回したり捻ったり引っ張ったりしながら夢中になって取り外していった。ばらばらになった部品を、投げたり蹴飛ばしたりしながら、僕はもしも長谷川とユリカがセックスしなかったら、どうなっていただろうと考えた。僕らは幸せになっていたはずだった。僕には僕の考えがあった。僕の順序があって、やり方があった。長い時間をかけてゆっくりと仲を深めていければいいと思っていた。自分のやり方が間違っていたとは思えない。問題はユリカにあるのだと思う。僕は、散らばったユリカの腕や足を、持っていた鋏で切りつけようかと思った。しかし、できなかった。いくら外しても、もう一度部品をつけ直せば、また元通りのユリカになる。何度でも、彼女は生き返る。生き返るとはどういうことだろうか？　僕は生き返ってほしいのだろうか？　僕を裏切った女に、未練があるのだろうか？　違う、僕は彼女を憎んでいる。解体したところで、この怒りは収まらない。

僕は部屋に散らばったユリカの部品を拾いベッドの上に集めた。部品を手に取り、また一から組み立てていく。

僕は何かしなければいけない。彼女に対して何かを。そのためには、ユリカを元に戻さなくてはいけない。ユリカの状態で、ユリカに何かをしてやらなければ意味がない。僕は何でもできそうな気がする。ユリカを失ったのに、こんな気持ちになるのは不思議だった。

長谷川とは、彼が家にユリカを返しにきた日以来、一度も話をしていない。今日、長谷川がトイレで、今泉や田島に給食の時に出た牛乳を頭から浴びせられているのを見かけた。長谷川は僕とユリカのことを、話していないんだろうか。話せばいいのに、と僕は思う。あの時携帯で撮った写真を見せても構わない。もうユリカは僕のユリカではないので、今泉や田島やクラスメイトに曝されても別に平気だった。どうでもいいことだった。

17

放課後、帰り支度をしていると、後ろから声を掛けられた。国語教師の藤村道子だった。

「吉沢くん。ちょっと話あるんだけど。いいかな」

藤村道子は僕を会議室に連れていった。

会議室の中は薄暗く、僕と彼女以外は誰もいなかった。

彼女は僕に電気をつけるように言ったが、僕は聞こえないフリをした。しばらくしてから、電気がついた。ここの電球は、妙に明るい。まぶしくて、目が痛くなった。

「ちょっとさ、言いづらい話なんだけど」

藤村道子は会議室のドアにもたれて、胸の下で腕を組んだ。セーターの上からでも胸の輪郭がよくわかった。この部屋が、明るすぎるせいかもしれない。今泉達の言うとおりだ。彼女の胸は本当に大きい。

「あのね、別に違うんだったらいいんだ、それで。吉沢くんがやったたってわけではないかもしれないから。先生も、よく事情がわからないんだけど、でも彼女――後藤さん、すごく苦しんでて、学校くるの、もう嫌だとかまで言い出して、デリケートな問題だからさ、私が口を出すことではないかもしれないんだけど、でもね。ごめん、それでね」

藤村道子は僕の前で小さく咳払《せきばら》いした。大きな胸がわずかに揺れる。彼女は組んでいた腕を解き、腰の辺りに持っていく。

「ちょっと前なんだけど、後藤さんの机の中に、ね、その……避妊具が入ってたらしいの。で、それ彼女だけじゃなくて、クラスの中で、結構入ってたっていう女子がいるみたいで……。あとね、後藤さん、一週間前に、体操着がなくなっちゃったらしいの。どこかに置いてきちゃったんじゃないのって私聞いたんだけど、彼女は盗《と》られたって言うの。それだけじゃなくて、これは私もかなりびっくりしたんだけど、昨日、後藤さんの机の中にね、これが……入ってたって」

彼女はそう言ってスカートのポケットから四角く折り畳まれた紙のような物を出し、手の上で広げた。

「なんだかわかる？　私本当にびっくりしちゃって。違うの。これはさ、吉沢くんとは関係ないってわかってるから。ただ、こんなことができる子がこの学校にいるのかなって、ちょっとね、本当に、ショックで」

藤村道子の手の上で開かれた紙の上には、動物の毛のようなものが入っていた。白く、フサフサとしている。僕は、これをよく知っている。僕はよく、飼育小屋に行っていたから。僕の嫌いなうさぎを、後藤由利香はとてもかわいがっていた。

僕は、白く柔らかいその毛に触れてみた。

持ち上げて揺らすと、藤村道子は眉を寄せて、僕から少し身を引いた。僕はそれを彼女の持っている紙の中に戻して、ゆっくりと口を開いた。

「あの、別にいいですよ、はっきり言ってもらって。疑ってるんでしょう？　僕のこと。いや、わかりますよ。別にいいですよ、そんな回りくどい言い方しなくても」

「違う。だから……ごめん。先生の言い方が悪かった、ごめんね」

藤村道子が息を吐き、顔の前で大きく手を振った。

彼女が手を振る度、セーターの下の胸も左右に揺れる。

「僕、それ誰がしたか知ってますよ」

そう言うと、急に藤村道子は目を大きく見開いた。

「本当？」

「はい、それ、全部長谷川の仕業《しわざ》ですよ。長谷川俊也っているでしょう？　僕のクラスに。あいつですよ。あいつ、女子の体操着についた匂いが好きみたいなんです。汗の匂いっていうのかな、そういうの。変態ですよね？　まあ、僕にはそういう趣味はないからわかりませんけど。コンドームもそうだし、その、うさぎの尻尾？　それもそうですよ。あいつ、ヤバいですよね。この前も学校にエロ本持ち込んで、没収されてましたから。何が目的なんですかね。でもああいうやつは、とっとと捕まえた方がいいと思いますよ。ああいうのが大人になってから、事件とか起こすんじゃないですかね。ろくでもないと思います」

「捕まえるって……」

彼女は、何が可笑しいのか、そう言ってちょっと笑った。

「じゃあ、うん、わかった……。ごめんね、なんか疑うような感じで聞いちゃって。後藤さんに、話してみるね、ありがとう」

藤村道子が電気を消し、会議室のドアを開けようとした。

「先生」

僕は彼女を呼び止めた。

「先生、前から思ってたんですけど、胸見えてますよ。先生胸大きいから、わかりますよ、大きさとか、形？　そういうの」

藤村道子は、僕をジッと見ている。僕は彼女を見て笑った。

「その服、脱いだらいいと思います。着てる意味あるんですかね。どうせ、見えてるのに。先生だけじゃないですよ、クラスの女子も。みんな脱いだらいいと思います。僕、下着脱がされてチンコ見られて笑われたことあるんですよ。でも最初からみんな脱いでれば、笑われることもないでしょう？　ユリカのことだって……別にいいだろ、ユリカはユリカなんだから。すぐに変態とか、意味わかんないし。先生……僕はユリカを愛していたんです。愛なんです。彼女がきれいで、すごくきれいで、汚れてなくて、だから僕は彼女を愛せたんです。先生とか、クラスの連中には、わからない愛。そういうものを、そういう築き上げられたものを、いや、それは僕が作り上げたものなんです。一から。時間がかかりました。たくさんかかりました。毎日毎日僕はユリカを――。そういうのって、ありますか？　毎日毎日僕は――。そうすることが、僕らの未来のためには大事だと思ったから。全部愛情ですよ。僕は真剣でした。真剣なことを、気持ち悪いなんて言わないでほしい。汚いのは、あいつらの方なのに」

彼女が、僕を見ている。汚いものでも見るように。

18

「一回千円でいいですよ」

同じ階に住む男に声をかけたのは、ユリカを元通りに組み立ててから、一週間くらいが過ぎた時だった。

「一回って、え、一回っていうのは、一日ってこと？　何時間でもいいの？　それとも」

「じゃあ、三、四時間」

僕が言い終わらないうちに、男は僕の持っていたバッグを引ったくり、抱きかかえた。

男はニヤニヤと笑っている。公園で見た時には伸ばしっぱなしだった髭は、いつの間にかきれいに剃《そ》ってあった。

「それじゃあ、また後で」

男に背を向けて歩き出そうとすると、肩をつかまれた。

「何ですか？」

「どっちがいい？　家か公園の便所か」

「は？」

「セックスする場所だよ。どっちがいいと思う」

僕は機械的に片手を持ち上げ、鼻を覆った。男からは何の臭いも感じられなかったが、男を遠ざけるためにあえてそういう仕草をした。よくわからないが、僕は男と近づきたくなかった。あまり、親密になりたくなかった。人形は貸すが、それもただ業務的に淡々とこなすつもりだった。

「そんなこと」

僕は言い掛けて、鼻を覆っていた手を顔の前で小さく振った。

「そんなこと、僕に言わないでください。そちらで勝手にやってもらって大丈夫なんで」

男が急に真顔になって僕を見る。僕は男から目を逸らした。

僕は自分の部屋で、ぼんやりと時計を見ていた。

後藤由利香の塾が終わるまで、まだ三〇分近くある。彼女が塾に通っているというのは最近知った。学校帰りの彼女を尾行していたら、駅前の学習塾に入っていくのが見えた。塾は週に三日、一日二時間。彼女は塾が終わると友達と一緒に帰ることもあるが、大抵は一人だ。

僕は学校で彼女の後をつけてはいたが、放課後も彼女の後をつけるつもりはなかった。ただ、藤村道子に呼び出されて、考えが変わった。彼女はどうして、僕があげたうさぎの尻尾をあの教師に渡したのだろう。あれをとるのは、苦労したというのに。女子の机の中にコンドームを入れることよりも、体操着を盗むことよりも、ずっと。でも僕は尻尾をとろうとは思っていなかった。あれは、何というか、仕方のないことだった。

うさぎの尻尾をとったのは、学校が休みの日だった。僕はその日、どうしても後藤由利香に会いたくなってしまった。学校の飼育小屋に行けば彼女に会えるかもしれないと思って、制服を着て家を出た。

彼女はいなかったが、飼育小屋にはうさぎが二匹いた。うさぎは目が赤く、僕が近寄ると身体を震わせた。あの日のうさぎは、本当に震えていた。あんなに震えているうさぎは、見たことがなかった。あるいは、あれは僕の震えだったのかもしれない。

僕は一匹のうさぎに近づき、フサフサとした白い毛に触れた。いつも、後藤由利香が触れているように。彼女の触れ方を真似れば、うさぎは逃げないだろうと思った。しかし、僕が触れた途端、うさぎは僕の横をすばしこい速さで逃げていった。追いかけると、うさぎはまた逃げた。赤い目が敏感に動き、僕というよりも僕の動きを見ているようだった。僕の手や足の動き。僕はできるだけ静かに、足音を立てないようゆっくりとうさぎに近づいていった。うさぎは逃げなかった。ただ自分の方に向かって歩いてくる僕の足をジッと見ていた。次の瞬間、がばっと両手をあげ、僕はうさぎに飛びついた。うさぎの身体を両手で取り押さえる。うさぎには毛が生えているのに、強く摑むと、フサフサとした柔らかい毛よりも、その下にある、あたたかい地肌の感触を強く感じた。僕はうさぎの震えを止めさせようと、両足でうさぎの小さな身体を挟み込んだが、震えは、より一層強くなっていくように思えた。うさぎの耳の中には細かな血管がいくつも通っていて、真っ黒な鼻先は少し濡れていた。二本の前肢《まえあし》のうち、片方が、地面から浮いている。僕は、この状態を、僕がうさぎを捕まえ、取り押さえている状態を後藤由利香に見せたいような気がした。彼女はぶるぶると震えるうさぎを見て、どんな顔をするだろう。

僕は、うさぎを両手でしっかりと押さえつけたまま、身体を起こし、足を離した。うさぎには、逃げ出すような素振りは見られなかった。

綿毛のように丸くふんわりとした尻尾が、後ろ肢の間に埋もれるように小さくなっているのが見える。僕はそれをとって、後藤由利香にあげることを思いついた。彼女の反応を、僕は見てみたいような気がした。

ブレザーのポケットの表面を撫でると、硬い感触がある。美術の時間にこっそり入れておいた二本の彫刻刀。僕はそのうちの一本を、ポケットの中から取り出した。キャップを外し、銀色の刃先を、人差し指で軽く撫でる。僕は前に、これで、今泉をどうにかしようと思っていた。しかし、僕はこれを今ここで使うべきなんじゃないかと思った。今泉ではなく、田島ではなく、鷲津でもなく、篠田でもない。長谷川でもない。僕は、ここで、今自分の手で捕まえることの出来たうさぎにこの彫刻刀を使うべきなんじゃないかと思った。そういう使い道があってもいいような気がした。これは、五色もあるのだから。一本使っても、まだ四色残っている。本当にこれはいい。いろんな色があって、見てるだけで、楽しい気持ちになる。

うさぎの尻尾を摑み、何度か彫刻刀を斜めに滑らせたが、毛が抜けるだけで、尻尾をとることはできなかった。僕は苛立ちをおぼえ、彫刻刀の持ち手を強く握りなおし、刃先を突き立てた。刃が白い毛の中に埋もれ、見えない。柄《つか》の部分を動かそうとすると、少しぐらぐらした。かなり深いところまで達していると気づいた時、僕ははじめて強い恐怖感に襲《おそ》われた。しかし、ここでやめるわけにはいかないと思った。僕は目を瞑り、力の入らなくなった手を柄の上にのせ、自分の身体ごとうさぎの中に沈み込むように、柄の部分に全体重をかけた。

19

彼女の隣には、男が立っている。僕の知らない男。きっと、彼女と同じ学習塾に通っているんだろう。男が、不意に後藤由利香の手を摑んだ。周囲をきょろきょろと見回しながら。僕がつけていることには、気づいていない。後藤由利香は、摑まれた手を離そうとしない。どうして離さない？　嫌じゃないのだろうか？　僕は彼女のことが、よくわからなくなる。

僕は胸元のポケットに手をやる。硬い感触。ポケットに、彫刻刀は一本しか入っていない。この前、飼育小屋で使ったものは、血で汚れてしまったので、学校のゴミ箱に捨てた。

僕はゆっくりと、彼らとの距離を詰めていく。

僕には彫刻刀がある。これで、由利香を、守ることができるかもしれない。彫刻刀は、まだ学校に三本残っている。赤、緑、ピンク――。本当にこれは万能だ。大丈夫。僕はちゃんとした使い方をしていると思う。

すぐ側に、男の背中がある。大きな背中。僕よりも、ずっと大きい。背も、僕よりずっと高い。でも、大丈夫。大丈夫だよ、もう。由利香。僕がいるから。僕がついているから。

怖いものなんて何もない。怖いものなんて――。

後藤由利香がようやく僕に気づく。僕を見ている。大きな目が、僕を見ている。

男が大きな声を出す。僕はうるさいと思う。うるさいと、声に出して言う。うるさい、黙れ、静かにしろ。男は黙らない。僕を睨みつけてくる。こわい。こわい目。消えろ。

僕は彫刻刀を振りかざす。刃の部分が男の腕をかすめた。血が噴き出し、彫刻刀が汚れる。僕の彫刻刀が。

男が急に静かになる。僕は由利香の腕を摑む。早く。早く行こう、僕と一緒に。由利香が僕の手を振り払う。冷たく、突き放す。わからない。彼女は本当に僕の由利香なのだろうか。彼女は僕のものなのに。僕にはわからない。


家の前に男が立っている。

彼は大きなボストンバッグを持っている。あれは、僕のものだ。なぜコイツが持っているんだろう。

男は、ニヤニヤ笑いながら、バッグを僕に差し出す。

「やっぱり」

男の口は、右に曲がっている。引きつっているという方が正しいかもしれない。

「やっぱり、家で、したよ。家の方が、なんていうか、やっぱり、落ち着くからな」

僕は男の手からバッグを引ったくった。

金を出すように催促《さいそく》すると、金なんか持ってない、最初から持ってねえよと、男は笑った。

僕は頭が痛くなって、男を押しのけて家の中に入った。

自分の部屋に入り、バッグを開ける。

人形の身体が、ぐちゃぐちゃに押し込まれていた。

僕は顔をしかめ、バッグの中のユリカに話しかける。

「窮屈だったろう？　今、出してあげるからね」

ユリカの手が、縋《すが》るように、僕の腕を引き寄せた。

山下紘加
YAMASHITA HIROKA
★
一九九四年、東京都生まれ。現在、会社員。
二〇一五年、本作で第五二回文藝賞を受賞。

初出／『文藝』二〇一五年冬季号

ドール

★

二〇一五年一一月二〇日 初版印刷
二〇一五年一一月三〇日 初版発行
著者★山下紘加
装幀★坂野公一＋吉田友美（welle design）
装画★またよし
発行者★小野寺優
発行所★株式会社河出書房新社
東京都渋谷区千駄ヶ谷二-三二-二
電話★〇三-三四〇四-一二〇一［営業］〇三-三四〇四-八六一一［編集］
http://www.kawade.co.jp/
組版★株式会社キャップス
印刷★大日本印刷株式会社
製本★小高製本工業株式会社
Printed in Japan
落丁本・乱丁本はお取り替えいたします

ISBN978-4-309-02429-5

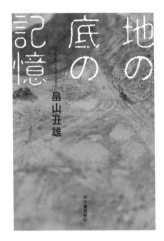